雪国·伊豆舞女

[日] 川端康成 著

后浪 插图版

竺祖慈 叶宗敏 译

四川人民出版社

目录

雪　国 … 1
伊豆舞女 … 171

雪国

雪国

穿过县境的长长隧道[1],便是雪国了。夜空的底端已经泛白。火车在信号站停下。

一位姑娘从对面的座位上站起来,打开了岛村前面的玻璃窗。冰雪的寒气流灌进来。姑娘将身子探出窗口,像是在向远处呼唤:

"站长!站长!"

手拎提灯、踏雪缓步而来的那个汉子,围巾一直裹到鼻子上,帽子上的毛皮拽低到耳边。

竟然这么冷了!岛村眺望着外面,但见一片棚屋萧索地散落在山脚下,像是铁路员工的宿舍,雪色尚未延伸到那里,便被黑暗吞噬了。

"站长,是我,您好!"

---

1 县境的长长隧道,位于群马县和新潟县交界的清水隧道。全长 9702 米,于 1931 年 3 月竣工。作品的舞台背景设在新潟县汤泽温泉的高半旅店。川端康成于 1934 年 6 月初访此地。

"啊，原来是叶子！回家去吗？天气又冷喽！"

"听说让我弟弟到这里上班了，给您添麻烦啦！"

"待在这种地方，如今会感到寂寞吧。年纪轻轻的，也怪可怜的。"

"他还是一个孩子，所以要请站长多多调教，让您费心啦。"

"好的。他干得挺卖力。很快就要忙了。去年的雪下得好大呀，还常闹雪崩。火车抛锚了，村里也跟着忙，前去送汤送饭哩！"

"站长，您好像穿得很厚。我弟弟来信说，似乎连坎肩都没上身呢。"

"我穿了四层衣服。小伙子们天一冷就知道喝酒！现在个个都躺倒了，患感冒啦！"

站长朝宿舍那边扬了扬手上的灯。

"我弟弟也喝酒吗？"

"他倒没有。"

"站长准备回家了吗？"

"我受了伤，每天得去医院治疗。"

"啊，真糟糕！"

和服外面罩着外套的站长，仿佛很想结束站在寒风中的对话，便一边掉转身子一边说：

"好了，你多保重。"

"站长，我弟弟今天没有出来吗？"叶子的眼光在雪地上探寻着说，"站长，请您多关照我弟弟，拜托啦。"

那悠扬的嗓音近乎悲凄。嘹亮的尾声袅袅不绝，犹如从黑夜白雪中婉转荡回。

火车开动之后，她的上身还不肯从窗口缩回。待火车赶上沿着铁轨行走的站长时，她又喊道：

"站长，请您转告我弟弟，让他下次休息时回趟家。"

"好啊！"站长提高嗓门应道。

叶子关上窗子，双手捂住冻红了的脸颊。

县境的山上，备有三辆除雪车，等待着雪季的来临。电控雪崩警报线联通隧道的南北两端。这里备有总计五千名的除雪工，并安排好了两千名可随时出动的消防队青年团。

岛村得知这位叶子姑娘的弟弟从今年冬天起，就在这即将覆压在雪中的铁路信号站上班，便越发增强了对她的兴趣。

然而，这里所谓的"姑娘"，是在岛村眼中如此认为，同行的男人是她的什么人，岛村自然无从得知。他们两人的举止貌似夫妻，但男的明显是位病人。若是陪护病人，男女界限便自然而然模糊起来，越是照顾得殷切，就越像夫妻。实际上，倘若女人服侍比自己年长的男子，举止又表现得如年轻妈妈一样，远看上去的确会被认为是夫妻。

岛村将她单独剥离出来，从她姿态的感觉上，便武断地认定她是未婚姑娘，仅此而已。也许是他用奇异的眼光对那位姑娘注视过久，结果徒然为自己增添了不少感伤。

三个小时前，岛村无聊地变换花样地活动着左手食指，并呆望着这根手指，觉得唯有它活生生地铭记着就要去见的女人。越是急于清晰地追忆起来，越是了无头绪，反而更加昏昧茫然了。在那虚浮的记忆中，唯独这根指头至今仍残留着女人的触觉，犹如要把自己拽到远方的女人那里似的。他觉得不可思议，便试着把指头贴近鼻子闻了闻，可无意间那根指头竟然在窗玻璃上画出一条线，而且清晰浮现出女子的一只眼睛。他惊讶得险些叫出声来。不过，那只是他心驰远方之故，定神细瞧，什么也没有，映出的却是对面座位上的女子。窗外夜色低垂，车厢中灯火已亮。因此，窗玻璃便成了镜子。可暖气温热，玻璃被水蒸气全濡湿了，所以手指拂拭之前，是没有那面镜子的。

镜子里映出姑娘的一只眼睛，反而显得异常秀美。岛村把脸靠近窗子，匆忙装出带着旅愁贪看黄昏景色的神情，用手掌擦了擦玻璃。

姑娘上身微微探出，专心俯视着躺在面前的男子。她的膀臂在用着力，严肃的双眸一眨不眨，由此可知，她的照拂是多么认真。男子头靠窗躺着，蜷曲的双腿伸向姑娘身旁。这里是三等车厢。他们并非与岛村邻座，而是坐在前一排的对面座位上，所以侧卧着的男子的脸在镜中只能映出耳朵周边。

姑娘正好坐在斜对面，所以岛村是可以直接看到她的。他们二人刚上车时，姑娘那种冷峻逼人的美艳，曾使岛村惊惶地把视线低垂下来，就在那一刹那，他又看见了那男子紧紧握着姑娘手的蜡黄手背，所以当岛村再要把目光转向那边时，便感到不好意思了。

镜中男子的神情，只有在望向姑娘的胸部时才显得安详沉静。他身子虽然孱弱，却显现出恬淡的和谐氛围。他把围巾枕在头下，又将其绕到鼻子下面，正好盖住嘴巴，然后又往上裹住两颊，俨然一副保护脸部的装束。可那围巾一会儿松落下来，一会儿遮住了鼻子。当男子还未及用目光示意的时候，姑娘已温柔地把它理顺了。两人天真地重复着这个动作，旁观的岛村都为这种反反复复的举动着急起来。另外，裹住男子双脚的外套下摆，也不时松开垂落，姑娘也是及时觉察，随即裹好。这些举动都十分自然。这样的情景，不禁令人感到他们俩已经忘记了所谓的距离，仿佛要奔赴无垠的远方一般。如此一来，岛村并没因看到他们的悲情而辛酸，反而觉得像在观赏着梦境中的木偶剧。也许这也是这些影像是从奇异的镜子中所映射出来的缘故吧。

镜子的深处流淌着暮色迷蒙中的景物，也就是说，影像和映出影像的镜子，像电影中的叠影在活动。登场人物和背景毫无关联。人物是透明的虚影，风景是朦胧的潜流，二者一边相互交融，一边变幻出这尘世中从未出现过的象征世界。尤其当姑娘脸庞上映出山野间的灯火时，那种无法形容的美，深深地震撼了岛村的心灵。

遥远山峦的上空，仍有一抹淡淡的晚霞，所以透过窗玻璃望出去，还能看见远景的轮廓。然而，风景的色彩已经完全消失，随处可见的平淡的山野显得更趋平淡。正因为没有什么特别惹人注意的，反而使岛村涌上了一股莫名其妙的情感洪流。不消说，这是姑娘的脸蛋浮现在玻璃窗上之故。黄昏时分的景色，连绵不断地在窗镜中的姑娘面影周边流动，所以姑娘的脸庞仿佛也变得透明了。然而，是不是真的透明呢？接连不断在脸庞后面流过的暮景，又给人一种从她面前掠过的错觉，令人无法细究。

车厢内也不那么亮堂，镜子也不如真的那般清晰。没有反光了。因此，当岛村看得入神之后，他渐渐地忘却了镜子的存在，只觉得姑娘飘浮在流动的苍茫暮色之中。

这个时候，她的脸庞中央亮起了灯火。镜中的映像无力抹掉窗外的灯火。灯火也没能消除映像。就这样，灯火从她的脸上流淌而过，但无法使她的面容光亮照人。那是寒冷而又遥远的光亮。那光亮在姑娘的小小眸子周围忽闪游离，当眼睛与灯火重叠的那一刹那，她的双眸便在茫茫暮色的流波中浮现，化作妖艳娇美的夜光虫了。

叶子当然不知晓自己正被人如此察看着。她的心神全放在病人身上了，即使是转脸望向岛村那边，也不能看见自己映在窗玻璃上的身姿，更不会去瞟一眼望着窗外的男子。

岛村偷看叶子良久，却忘记了这是对她的非礼之举，这大概是由于他已被尽显暮色的镜子那虚幻之力迷住了吧！

或许，是她在呼唤站长时以及现在那种过于认真的表情，使岛村产生了极富戏剧性的兴趣。

火车驶过那个信号站的时候，窗子已经一片黑暗了。流动的风景一消逝，镜子的魅力也就荡然无存。虽然叶子美丽的脸庞仍然映显出来，她的举止依旧温柔如初，但岛村却在她的身上新发现了一种澄澈的冷峭，故而镜子模糊了也没有再擦拭。

随后,过了半个小时左右,想不到叶子和那位男子与岛村在同一站下了车。岛村暗忖,是否又发生了什么事,是否与自己有牵连,便回头瞧了瞧,但他一感触到月台上的寒气,便突然为自己在火车中的非礼举动感到难为情,就头也不回地从火车头的前面走了过去。

当男子抓住叶子的肩膀欲穿过铁道时,这边的站台值班员立刻扬起手来阻止了他们。

少顷,从黑暗中驶来一列长长的货车,遮住了二人的身影。

来拉客的旅店掌柜,活像火灾现场的消防队员,裹上了严严实实的雪装,还包住了耳朵,穿上了长筒胶靴。站在候车室从窗口凝望着铁道方向的女子,披着蓝色斗篷,戴上了头巾。

岛村的身上还残留着火车里的温暖,尚未感受到真正的寒冷,因他是初次见识雪国之冬,所以当地人的这种装束便先给了他一个下马威。

"冷得非得穿成这样吗?"

"嘿,冬装已经全穿上身了。雪后放晴的前一晚特别冷。今天夜里,现在就已经降到冰点以下了吧。"

"这就冰点以下了？"岛村一边观望着屋檐上可爱的冰柱，一边跟旅店掌柜一同上了汽车。雪色使家家户户低矮的屋脊显得更加低矮，全村如同沉入万籁俱寂的深渊。

"确实冷，摸什么都是冰凉的呀。"

"去年最冷时达到零下二十几度。"

"雪呢？"

"雪呀，一般是七八尺，雪多的时候，得有一丈二三尺哩。"

"还得下喽？"

"还得下！这场雪下了有一尺多厚，可都融化得差不多了。"

"这里也有不积雪的时候啊。"

"不知道什么时候还会来场大雪。"

这是十二月初。

岛村因感冒一直有点鼻塞，如今一下子通畅了，而且一直通到脑门，鼻涕就像清洗秽物的水流般不断滴淌下来。

"老师傅家的姑娘还在吗？"

"哎，还在，还在。她在车站下车的，您没看见吗？就是披着深蓝色斗篷的。"

"那就是她？……待会儿能叫她来吗？"

"今天晚上吗？"

"今天晚上。"

"说是老师傅的儿子坐刚才的末班车回来，她去接站了。"

在黄昏晚景的镜子中映现出的叶子照顾的病人，就是岛村要来相会的女子所寄居人家的儿子。

知道了这些，岛村顿时感到仿佛有个什么异物穿过了他的心胸，但他对这次邂逅并不觉得怎么奇怪，反倒认为不感到奇怪的自己不可思议。

岛村油然觉得在心头的某处，手指所感触的女子和眼睛里点着灯火的女子之间，似乎存在着什么，或将发生什么。大概是他还没从映出暮色风景的镜子中清醒过来的缘故吧！他不由得喃喃自语：那夜景的流动，原来是象征着时间的流动呀。

滑雪季节之前的温泉旅店顾客最少，岛村从室内浴池上来时，旅店里的客人已经全部沉入梦乡了。在陈旧的走廊上，他每走一步，都会使玻璃门微微作响。在长长走廊尽头的账房拐角站着一个女人，她的衣服下摆拖在黝黑光亮的冰冷地板上。

见了那衣服下摆，岛村心中一惊：她终究还是出道做了艺伎？但她并没有走过来，也没有弯腰倾身摆出迎客

的姿态。远远地看着她那纹丝不动的伫立身姿,他感觉她还是很正经的,便加快脚步,默默地站到女子身旁。女子也想在浓妆艳抹的脸庞上浮出微笑,反而显露出了哭相,所以两人均未言语,抬步向房间走去。

尽管有过那么一段往事,但他既没寄封信,也不来会个面,更没有履行赠送舞蹈造型书的承诺。这种事对女人来说,只会认为那是他一笑过后就忘掉了吧!按顺序讲应该由岛村先赔个不是、讲明缘由什么的,可她根本不看他一眼就径自往前走。他知道她不仅没有责怪他,反而对他充满着眷恋,所以他想,如今无论说什么,对方只会认为自己不真诚吧,便不由得沉浸在被她慑服的甜蜜喜悦之中了。到了楼梯下面,他突然将跷出食指的左拳伸到女子眼前,说道:

"这家伙最记得你哩!"

"是吗?"女子握住了他的指头不再放开,两人就那么手拉着手上了楼梯。

在被炉[1]前放开手时,她从脸颊一下子红到脖子根。为了掩饰这窘态,她又慌忙抓起他的手说:

"你说它记得我?"

---

1 被炉,附有取暖装置的四方形矮桌。有两层桌板,首层可分离,两层之间铺上及地的棉被。天热时当普通桌子使用,天冷时即点燃取暖装置。

"不是右手,是这只手。"他从女人的掌心中抽出右手放进被炉里,将重新握成拳头的左手伸了出来。

"啊,我知道呀。"

她满不在乎地笑着,掰开岛村的拳头,把脸贴在他的手掌上,继续说:

"是它才记得我吗?"

"哎呀,冰冷冰冷的!我第一次触摸这么冰冷的头发。"

"东京还没有下雪吗?"

"你那时虽然那么说,但说的确实是谎话。要不然,谁会在年底跑到这么寒冷的地方来呢?"

那个时候——雪崩的危险时期已过,进入了一派新绿的登山季节。

餐桌上也快见不到通草的嫩芽了。

饱食终日的岛村,连对大自然和自己都难得坦诚相见,所以他觉得要唤回往日的热情,最好是置身于山峦之中,于是经常独自到山中漫步。在县境的群山中待了七天后,那天晚上他一下山来到这个温泉浴场,就让人帮他叫艺伎。然而,旅店女侍说,那天正巧举行新建公路工程的落成典礼,热闹得连村中的茧库兼剧场也做了宴会场地。这里只有十二三名艺伎,人手本来就不足,这个时候根本叫不到艺伎。不过，老师傅家的姑娘即使去宴会帮忙，也只是跳两三支舞便会回家，说不定能够把她召来吧。岛村又进一步详询情况，女侍便解释道，教三弦和舞蹈的师傅家的姑娘当然不是艺伎，但若遇到大宴会等场合，有时也会应邀前往。这里又没有艺伎学徒，大多是不愿站着跳舞的半老徐娘，所以小姑娘最为珍贵。虽然她很少单独到旅店客人的房间去，但也不算一个纯粹的黄花闺女了。

岛村觉得这解释不靠谱，就没当回事，但一个小时后，女侍便带进来一位女子。他愣了一下，赶紧坐正了身子。女子抓住了准备起身离开的女侍的袖子，让她还坐在那里。

女子给他的印象是洁净得不可思议，令人感到连她足趾内侧的凹窝都是纯净的吧。岛村甚至怀疑自己的眼睛，难道这是自己刚饱览过群山中的初夏景色的缘故吗？

她的衣着多少沾些艺伎的风格，不消说，衣服的下摆当然没有拖在地上，柔软的单衣也穿得规矩端庄。唯独衣带像是高级品，与整体装扮不相称，反而令人看得有些碍眼。

女侍趁他们聊起山间话题的时候起身走了，可这女子对从这个村里能看到的山峦的名字都不大清楚，使岛村提不起酒兴。不过出人意料的是，女子却率直地诉说自己出生在这个雪国,在东京当舞伎[1]时被人赎身后,原打算将来做个日本舞的师傅立身,但仅过一年半,那个先生便去世了。看起来,从那位先生去世直到今天为止的经历,恐怕才是她真正的境遇话题吧,但她并未急于坦陈开来。她说她十九岁了。如果她没有说谎,她这个十九岁的模样看起来倒像二十一二岁。至此,岛村方才感到轻松自在,将话题转向歌舞伎等方面,可这女子比他更清楚演员的艺风及逸事。也许正苦于找不到这类话题的谈话对象吧,在津津乐道的当儿,她露出了原是风尘女子的那种随和大方的气质。她似乎也很了解男人的心性。即使如此,他从一开始就把她当作良家闺秀看待,再加上一星期来没有与人随兴交谈,所以胸中涌出人际交往的温情,而且首先感到对这女子产生了友情。他把山居的感伤移情到女子身上来了。

第二天下午,女子把盥洗用具搁在走廊外面,顺便到他的房间来玩。

她还没坐定,岛村便突然开口要她介绍艺伎。

"介绍?"

"这你还不明白吗?"

---

1 舞伎,未够格的艺伎。

"讨厌！做梦也想不到你会让我做这种事。"女子板起脸走到了窗边，眺望起县境的群山。随后，她又红着脸说：

"这里没有那种人啊！"

"撒谎。"

"真的呀。"她猛地转过身子，坐到窗台上说，"绝对不可强行索要呀！一切都得听随艺伎的意愿。旅店方面也一概不予介绍。这，可是真的呀。你可以叫人来，直接谈谈看。"

"那就托你替我叫啦。"

"我为什么必须做那种事呢？"

"我是把你当作朋友看待的。因为想做朋友，所以不打你的主意。"

"这就叫朋友吗？"女子终于冒出这种孩子气的话来，但随后又脱口而出，"真了不得，竟然叫我做那种事。"

"这不是很平常的事吗？在山上养壮实啦，可头脑却混混沌沌的。就是跟你，也不能神清气爽地谈话哩。"

女子垂下眼睑，不作声了。事到如今，岛村已把男人的厚颜无耻和盘托出，但女子却生性通情达理，养成了逆来顺受的习惯。她那垂着的眼睛，因浓黑的睫毛陪衬而显露出温柔和媚艳。当岛村凝视着她的时候，她的脸蛋微微左右摇了摇,又泛起了淡淡的红晕。

"你去叫个你喜欢的人来。"

"我不是在问你这个吗?我初来乍到,不知道谁漂亮呀。"

"你是说漂亮的——"

"年轻的就行。年轻的姑娘没有养成那么多毛病吧!不是唠唠叨叨的就可以。带点傻气,干干净净的也可以。我想聊天的时候,就找你哟。"

"我不会再来的。"

"瞎说!"

"哼,真不来啦!我来干啥?"

"我想同你清清白白地相处,所以我不挑逗你。"

"真没见过你这样的!"

"如果有了那种事,明天也许就不愿同你见面了,也没有兴致和你聊天了。我从山上来到乡村,就是要好好感受人们的纯真亲热。我不挑逗你。话说回来,我不就是一个旅客吗?"

"唉,这倒是真的。"

"是吧!就拿你来说吧,如果我物色的女人令你讨厌,以后见面你也会感到憋屈的,而你帮我挑的姑娘,还会好些吧!"

"不知道！"她狠狠地抛了一句，然后转过脸说，"说得也是。"

"要是有了那些事，便一了百了啦。没情调了，交往也不会持久吧！"

"是的，你说得确实都对。我出生在港口。这里是温泉浴场，"女子出人意料地坦言道，"客人多半是来旅行的。我这个人，虽然还是个孩子，但听到各种各样的人都这么说过，觉得内心有好感，当时又没明说的人，反而令人永远想念。忘不了啊！分别以后，好像还惦记着。对方有时想起来，寄封信来什么的，大多都是这种人。"

女子从窗台上下来，缓柔地坐在窗下的榻榻米[1]上。从她脸上的表情来看，好像是回忆起了遥远的往日，才急忙挨近岛村坐下来的。

女子的声音充满内心的情愫，倒使岛村因如此轻而易举地欺骗了女子而感到内疚。

然而，他当然没有说谎。总之，这个女子不是风尘中人。他若要找女人，也不至于求欢于她，自己可以堂堂正正地轻松完结这桩事。她过于清纯了。从一见面，他就把那种事与她区别开来了。

---

1 榻榻米，日本铺设于居室中的家具，房间面积也常以榻榻米的张数计算。一张榻榻米的传统尺寸是长 1.8 米，宽 0.9 米，面积为 1.62 平方米。

而且，当初在犹豫去哪一个夏季避暑地的时候，他曾想是否带着家人到这家温泉浴场来。倘若如此，正好这女子又是良家姑娘，就让她充当太太的绝佳游伴，太太无聊时还可以跟她学个舞蹈呢。他是如此认真考虑过的。虽说他对那女子抱着一种纯属友情的心态，但他却越过了那种程度的浅滩。

当然，这里也存在着岛村观看黄昏景色的镜子吧。当今的境遇，是他不光厌烦与暧昧的女子留下后患，或许还存有一种虚幻见解，宛如观看映在黄昏的火车窗玻璃上的女子面容一般。

他对西洋舞蹈的兴趣也是如此。岛村生长于东京的平民住宅区，自幼就熟悉歌舞伎表演，到了学生时代，他的爱好倾向于舞蹈和歌舞伎之类。由于具有一种对感兴趣的事物穷根究底的个性，所以他便去涉猎古代的记录文献，还走访各流派的掌门人，不久又结识了日本舞蹈界的新秀，甚至写起研究或批评之类的文章来。无论对日本舞蹈界传统的死气沉沉，还是对新探索派的自以为是，他理所当然地感到强烈不满，从而激发了一种除非亲身投入实际运动，否则别无他途的振奋心情。但当日本舞蹈界的年轻一代邀约他时，他却突然转向去研究西洋舞蹈方面了。从此他全然不看日本舞蹈了。取而代之的是，他开始收集西洋舞蹈的书籍和照片，甚至不辞劳烦地从外国觅求海报或节目单之类的东西。这绝不仅是出于他对外国或未知的好奇。他在这类活动中新发现的喜悦，就在于所见之处不能目睹西洋人的舞蹈。岛村对日本人的西洋舞蹈不屑一顾这一点，足为明证。对岛村来说，没有比根据西洋印刷物来写关于西洋舞蹈的文章更轻松舒适的了。评介没有看过的舞蹈之类，可谓天方夜谭。没有比这更如纸上谈兵的空论，简直就是天国的诗。虽冠以研究之名，实则为海阔天空的想象。他欣赏的不是舞蹈家活生生的肉体舞动的艺术，而是从西洋的语言文字或照片中所浮现出来的自身空想舞动的幻影。这犹如爱慕未见过的恋情一般。因为他时常写些介绍西洋舞蹈的文章，好歹也被视为文人墨客，虽然他也会以此自嘲，但对没有职业的他来说，也是心理上的一种慰藉。

他这些有关日本歌舞的谈话，想不到居然成了使女子亲近于他的助力，可以说这种知识时隔多年才在现实中显现实效。可是，也许岛村在不知不觉间仍然把女子当成了西洋舞蹈。

因此，当发现那些略带乡愁的话语，似乎触及了女子生活上的伤痛处时，他便因自感欺骗了女子而内疚。

"如果这样相处，即使下次我带家人来，也能跟你一起愉快地游玩了。"

"唉，你说的我已完全懂了。"女子压低声音，不禁莞尔，然后略带艺伎的神态闹嚷着，"我也最喜欢那样，平淡的交情，才能长久哩。"

"所以你得帮我去叫。"

"现在？"

"嗯。"

"真让我震惊！这么大当午的，怎么好开口呢？"

"我不想要别人挑剩的哟！"

"怎么说这种话，你把这里当作狂赚金钱的温泉浴场啦！你既然看过村里的情形，怎么还不明白？"想不到女子以认真的口吻，一再强调此地绝对没有那种女人。岛村表示怀疑，女子反而更加认真起来，但她终归还是退让了一步说，虽然如何接客是艺伎的自由，但若事先不向业主打招呼就外宿，其后果得由艺伎自己负责，业主便什么都不管了。如果事先打过招呼的话，则是业主的责任，他要承担所有后果，区别就是这些。

"你说的责任是什么？"

"就是生了孩子，或者患上疾病这些。"

岛村为自己呆头呆脑的询问而苦笑，暗想这个乡村也许真有这种马虎事吧。

赋闲度日的他或许是自然而然地存心求觅保护色吧，所以对旅途中的各地风俗，持有本能的敏感。他从山上一下来，立即在这个乡村质朴的景色中，感受到了恬静悠闲的气氛。在旅店一问，果然，即使在这片雪国，这里也属生活最安乐的乡村之一。据说前几年铁路还没通车的时候，这里只是农民们的温泉疗养浴场。有艺伎的地方都挂着褪了色的餐馆或红豆汤铺的门帘。看那煤烟熏黑的老式拉门，难以想到这种地方还会有顾客。还有那些卖日用品的杂货店或糖果店，也只雇用一个店员，店主们除了经营店铺，还得下田种地。大概因为她是师傅家的姑娘吧，虽然没有正式执照，偶尔到宴会之类的活动场所帮帮忙，艺伎们也没有说闲话的。

"到底有多少人呢？"

"你是说艺伎？大概十二三个吧。"

"哪一位好呢？"岛村说着，站起身来按电铃。

"我可要回去啦？"

"你不能回去呀！"

"讨厌！"女子像一扫屈辱似的说，"我先回去。没事儿的，我根本不把你的话搁在心上。我还会再来的。"

然而，她看到女侍来了，便马上若无其事地端坐下来。叫谁呢？女侍发问好几次，她始终没有指名。

不一会儿，来了一位十七八岁的艺伎。一看到她，岛村从山上来乡村时的寻欢欲望旋即烟消云散了。她那黝黑的胳膊骨瘦如柴，但给人的感觉还是天真随和的，所以，岛村竭力掩盖住扫兴的神情，转脸面朝着她。实际上，使岛村不忍移目的是她身后窗外那新绿尽染的群山。他连话都懒得说了。果真是山村艺伎！岛村表情漠然，沉默不语。女子似有觉察，便悄悄起身，一副要走不走的样子，由此就更显得冷场了。就这样磨蹭了一个小时，岛村正想如何打发艺伎回去时，突然想起了收到的电报汇款单，便借口要赶在邮局下班前把事办妥，于是与艺伎一同走出房间。

然而，岛村在旅店门厅抬头仰望，一见充满浓郁嫩叶气味的后山，便像被它吸引住了一样，拔腿向山上跑去。

也不知道有什么好笑的，他独自失笑不已。

觉得有些累了的时候，他才猛然转身，撩起夏季单衣的后襟，一口气跑下山来。从他的脚下，飞起两只黄色的蝴蝶。

蝴蝶缠绵翩跹，终于飞得比县境的大山还高，随之黄色变成了白色，遥遥而去。

"怎么啦？"

女子正站在杉树林的树荫下。

"你笑得好开心！"

"作罢啦！"岛村又莫名地笑起来，"作罢了。"

"是吗？"

女子陡然转过身子，缓缓地走进杉树林。他默默地跟在她后面。

走到神社。女子在薄覆青苔的狮子狗石雕旁一块平整岩石上坐下来。

"这里最凉快，盛夏都有冷风吹来。"

"这里的艺伎，都是那个样的吗？"

"差不多吧。年纪大些的，倒有俊的。"她低着头漠然说道。她的颈子上，仿佛映出杉树林的黯淡青绿。

岛村仰望着杉树的树梢，说：

"现在已经不想要了。仿佛体力一下子都耗尽了，好奇怪呀！"

那杉树高耸入云，只有将手向后撑住岩石，连胸膛也后仰，才能看到树梢。此外，株株树干都直线般地并肩挺拔，幽暗的树叶遮天蔽日，周遭鸦雀无声。岛村倚靠的那一棵，是其中最老的古木，不知何故，朝北的枝丫一直枯朽到顶，而那残留的根部，好似倒栽在树干上的尖木桩，宛若凶神恶煞的武器。

"是我想错了。因为从山上下来首先碰到的是你，我便糊里糊涂地以为这里的艺伎一定很漂亮。"岛村笑道。

直到如今岛村才感到，当初想要简单地涤净七天在山中积淀的精力，也是遇见了这个纯净女子的缘故。

女子凝视着远处落日余晖中的河流。此时无聊得令人尴尬。

"呵，我刚才忘了，你的香烟！"女子尽可能用轻松的口吻说，"刚才我回房里一看，你已经不在了。我正想着这到底是怎么一回事呢，就看你一个人连蹦带跳地在爬山。我是从窗口看到的。觉得好奇怪哩。看样子你忘了带香烟，我就给你拿来了。"

接着，她从袖子中掏出他的香烟，划燃了火柴。

"我觉得对不住她呀。"

"这种事，还不是要随客人的意，她什么时候回去都没关系的。"

在许多石块间奔泻的山溪，流水声听起来尽显圆润甘美。透过杉树的空隙，可见对面山脊的皱褶已昏暗下来。

"如果找不到一个和你相似的女子，以后再和你见面时，岂不令人失望？"

"我才不管呢！你这个人真是死不认输。"她说话的语气夹杂着嘲讽和气愤，但两人之间却产生了和叫艺伎之前截然不同的情愫。

岛村深知：自己一开始就想要这个女子，只是照例迂回了一个大圈而已，于是在讨厌自己的同时，也感到这个女子更加美丽了。从她在杉树林的树荫下叫他之后，他便油然觉得她有一种超尘拔俗的清冷风姿。

细长高挺的鼻子虽略显孤单，但那下面娇小微翘的嘴唇，恰似水蛭美丽的节环，伸缩滑柔，沉默时也仿佛蠕动着。如果嘴唇起皱或色泽晦暗，一般都会显得肮脏不洁，但她的嘴唇却光亮润泽。她的眼角不翘不垂，双眼好像故意笔直画成似的，虽然略显莫名逗趣，但短小而浓密的眉毛稍稍下弯，恰巧把它们围护住了。那两颊微凸的圆脸轮廓虽然平淡，但那犹如在白色陶器上胭脂淡抹的皮肤，还有那清癯不腴的颈项，与其说是漂亮俊美，倒不如说是绝伦的纯净丽质。

对曾经做过舞伎的女子而言，她略微显得有点鸡胸。

"瞧，不知什么时候飞来这么多的蠓虫。"女子拂了拂衣服的下摆，然后站了起来。

处在持续的宁静气氛之中，二人都已显露出无聊至极的神情了。

当天晚上十点左右吧，女子从走廊大声喊着岛村的名字，随即啪嗒一声，就像被扔进来似的闯进了他的房间。她趴倒在炕桌上，醉醺醺地乱抓乱扔桌上的东西，随后就咕嘟咕嘟地喝水。

她说这个冬天在滑雪场认识了一伙男子，傍晚翻山过来了，见面之后，他们邀她同来旅店，叫了艺伎来尽情狂欢，然后就被他们灌醉了。

她晃着脑袋，独自胡言乱语一通之后，便站起来说：

"不好意思，我得再去一趟。他们还以为我怎么了，一定正在找我。等会儿我再来。"于是又踉踉跄跄地走了。

过了将近一个小时，长长的走廊上传来杂乱的脚步声，像是东碰西撞、颠颠踬踬走过来的。

"岛村先生，岛村先生！"她尖着嗓子喊。

"啊，怎么不在？岛村先生！"

这无疑是女人赤裸的心灵呼唤自己男人的声音。岛村大感意外。可是，她那尖叫声一定惊动了整个旅店。岛村刚惶惑地站起来，女子就用手指戳破拉门纸，抓住门框，晃晃悠悠地就势倒在岛村身上。

"啊，你在啊！"

女子和他缠在一起坐下来，相互依偎着。

"我没有醉呀，哼，我哪会醉呢？难受，只是感到难受。绝没失态啊！啊，我想喝水。不能兑威士忌喝啊。那玩意儿上头，现在头痛。那伙人买的便宜货，我弄不清。"她叨唠着，不断用手掌搓脸。

外面的雨声骤然变得激猛了。

手臂稍一松懈，女子便瘫软下来。他紧紧地搂着她的脖子，他的脸颊都快把她的发髻压散了。他的手伸进了女子的怀里。

女子对他的要求没有反应，只是将两只胳膊交叉起来，像门闩似的压在他所希求的部位上，可她已酩酊大醉，根本使不上劲。

"什么玩意儿！这种东西，畜生！畜生！这种东西。"说着，她猛然咬住自己的前肘。

他慌忙掰开她的手臂，但上面已经印上深深的齿痕。

然而，她已任凭他的手掌抚弄，开始写起人名来。她说写上自己喜欢的人名给他看，就一连写了二三十个戏曲和电影演员的名字，接着连写了无数个"岛村"。

岛村掌中珍贵的隆起物，渐渐暖热起来。

"啊，放心了，放心喽。"他温和地说着，甚至产生了母爱般的感觉。

女子又突然难受起来，刚挣扎着抬起的身子，一下子又趴倒在房间的一个角落里。

"不行，不行。我要回去，要回去。"

"不能走啊，外面下着大雨！"

"我赤脚回去，爬着回去。"

"太危险了。非要回去的话，我来送你！"

旅店在半山腰上，有一段陡坡。

"松松衣带，稍躺一会儿，醒醒酒好吗？"

"不能那样！就这样没事的，我习惯了。"说罢，女子端坐起来，挺起胸膛，但这样只会使呼吸更困难。她打开窗子想呕吐，可没呕吐出来。她本想揉揉身子，躺下来直直腰，却一直咬紧牙关强忍着，时而又强打精神，反复嚷着要回去。不知不觉已经凌晨两点多钟了。

"你去睡。我说，你就去睡呀！"

"那你干什么呢？"

"就这样。醒醒酒就回去。天亮以前回去。"她跪着爬过来，拉住岛村继续说，"你别管我，你睡你的觉吧。"

岛村钻进被窝，女子便趴在炕桌上喝了口水，说道：

"起来，喂，我说你起来嘛。"

"你说，究竟要我干什么？"

"还是睡觉吧。"

"你说什么呀！"说罢，岛村站起来，把女子拉了过去。

女子本来背过脸避开正面相对，而后却突然转过来用力噘起了嘴唇。

然而，其后她又梦呓般地诉苦：

"不行，不行啊。我们只是做个朋友，这不是你说的吗？"

这句话她不知重复了多少遍。

岛村被她那诚挚的反应所打动，面对她那蹙额皱眉、竭力抑制自己强烈意志的样子，顿感乏味无趣而扫兴，心想还是守住对女子的诺言吧。

"我没有什么可以惋惜的呀。我绝不是舍不得哟。可是，我不是那种女人。我不是那种女人哪！那样绝不能持久，这不是你自己说的吗？"

她已醉成半瘫似的了。

"不是我不好嘛。是你不好呀。你输啦。你没胆量哦！不是我啊！"她说走了嘴，却又为了挣脱爱欲而咬住了袖子。

她茫然若失，沉默良久，倏地又似想起什么，尖声道：

"你在笑，你在笑我吧？"

"我没有笑。"

"你准是在心里笑我，就算现在不笑，以后肯定也会笑我的。"女子说着，便低头抽泣起来。

但她即刻止住哭泣，温柔地贴过身来，娓娓道出自己的身世。她好像已把酒醉的痛苦忘得一干二净，只字不提刚刚发生的事。

"哎哟，只顾聊天，一点儿也没注意到时间啊。"她脸色泛起红晕，微微笑道。

她说必须要在天亮以前回去。

"天还黑着呢。可这一带的人起得很早。"她屡屡站起来，开窗探望外面。

"还不见人影。今天早上下雨了，所以谁都不会下田。"

对面的山峦以及山脚处的房舍屋顶已在细雨中浮现出来，可她仍不舍得离开。不过，她在旅店里的人起床之前就梳理好了，岛村想送她到大门口，可她生怕别人看到，就慌忙逃也似的独自溜走了。岛村也是那天返回东京的。

"虽然你那个时候那么说，但仍是言不由衷呀。要不然，谁会在年底跑到这么寒冷的地方来呢？我后来也没有笑你呀。"

女子倏地抬起头来，从她刚才贴压在岛村手掌上的眼睑，一直到鼻颊两侧都留下了绯红印痕，并透过浓厚的脂粉显露出来。纵然这会促使他们想起这个雪国之夜的寒冷，但她的秀发乌黑乌黑的，又令人感到暖意。

她脸上浮现出光彩夺目的笑容，是因她也想起"那个时候"了？但更似岛村的话语渐渐浸染了她的身子。当她气呼呼地低下头时，后领翘立起来，可以一直看到她脊

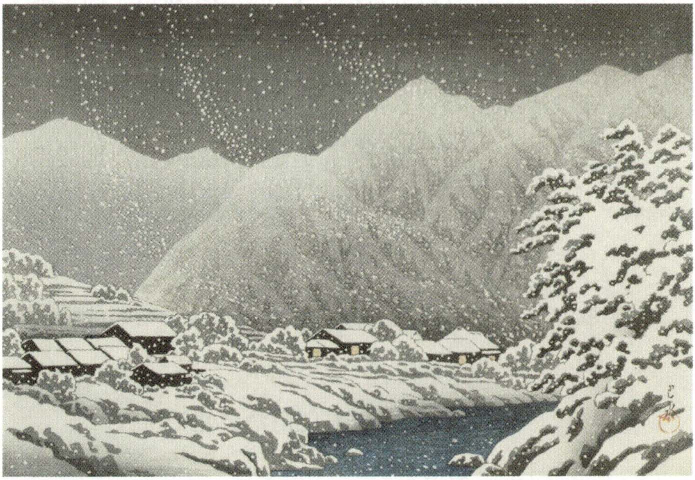

背泛起的红晕，犹如袒露出生机勃勃的润泽裸体一般。也许因为头发的颜色与之相衬，更会令人如此联想吧。刘海并不纤细浓密，那发丝倒像男人的那样粗，且无一根杂乱的毫发，发出黑色矿物般的凝重光泽。

刚才伸手触摸一下，岛村第一次摸到如此冰冷的头发，感到很惊讶，便以为这不是天气寒冷的缘故，而是她的发质就是如此。岛村不禁重新打量了她一眼，发现女子开始在被炉桌板上掰着手指头数数，而且数个不停。

"你在算什么？"他问道，但她仍旧默不作声地屈指数着。

"是五月的二十三号吧？"

"哦，原来你在算日子，七月和八月接连都是大月哩。"

"啊，第一百九十九天，正好是第一百九十九天。"

"你说是五月二十三号，真能清清楚楚记得？"

"一看日记就知道了。"

"日记？你写日记？"

"唉，看看旧日记挺有意思的呀。任何事情都原原本本地记下来，就是自己一个人看，也觉得不好意思呢。"

"什么时候开始写的？"

"在东京当舞伎前不久的时候开始写的。那时候手头紧，自己买不起日记本，只能花两三毛钱买本杂记簿，用尺子画上细格子。铅笔削得很尖，所以格线画得又清楚又好看。而且从簿子的上端到下端，都写满了密密麻麻的小字。到了自己能买得起日记本的时候，倒不成了。因为我不珍惜东西了。就说练字吧，从前是写在旧报纸上的，可后来却直接写在成卷的信纸上啦。"

"你一天不落地写日记吗？"

"嗯，十六岁时和今年写得最有趣。那都是每天从酒宴上回家，换上睡衣后写下的。回来得可晚啦，写着写着，还没写完就睡着了。现在读起来，有些地方还能看出来呢。"

"不容易啊。"

"不过，我不是天天都记，也有不写的时候。在这种山窝里，去宴会演出，全都是老节目！今年只能买到每页上印着日期的，这可失算了。因为一提笔，有时就难免越写越长。"

比起写日记更使岛村深感意外的事，是她从十五六岁开始就把看过的小说逐一记录下来。这一类的笔记簿，说是已多达十本了。

"写点感想了吧？"

"我可写不出什么感想。只是记下了题目、作者，还有出场人物的姓名，以及那些人物之间的关系。"

"只记那些不是毫无用处吗？"

"没办法呀。"

"真是徒劳。"

"可不是嘛！"她毫不介意地爽朗答道，然后目不转睛地盯着岛村。

不知怎的，岛村正欲再次强调"完全徒劳"时，那雪落有声般的寂静却沁透他的身心，那是他完全被这女子吸引住了。尽管他知道，对她来说那种写法当然绝非徒劳，但觉得迎头驳她这么一句，反倒能真切地感受到她的存在。

这个女子对小说的看法，似乎与日常所谓的文学毫不相干。与这个村里的人交换妇女杂志翻看，是她与其他人之间仅有的友情。此外，她仿佛都是独自一人在阅读。虽然她是无选择地泛览，也不求甚解，只限于在旅店的客厅等地方看到小说或杂志就借来阅读，可她列举出的能想到的新作家名字，不少是岛村不知道的。然而，她的口吻却像谈论外国文学的遥远话题，持有类似无欲的乞丐那种悲凄情调。岛村忖度：这恐怕也与自己依靠外国书上的图片或文字，去遥想西洋舞蹈同出一辙吧！

她又兴高采烈地谈论起根本未曾看过的电影和戏剧，也许她好几个月没遇到能谈这类话题的对象了吧。

一百九十九天前的那个时候，她也热衷于这一类话题，并乘兴对岛村投怀送抱。也许她已忘记这些了，此时再次以自己的语言描述的事物，使整个身子温热起来。

然而，她那种对都市事物的向往，如今已被裹入纯朴的失望之中，一如天真的梦想，所以她那单纯的徒劳感，比起都市逃亡者之类傲慢的不满更为强烈。她本人虽然毫无落寞于此的表情，但岛村眼中却观察到了她那不可思议的哀愁。倘若沉浸在这样的思虑中，岛村自己的生存也会成为徒劳，坠入到遥远的感伤中去吧！但眼前的她受山中寒气的拂染，则露出生机勃勃的红润气色。

不管怎样，岛村已经改变了对她的看法，所以在对方已成艺伎的当下，他倒难以启齿了。

那时她烂醉如泥，对不听使唤的麻木手臂十分恼火，便狠狠咬上一口，嚷道：

"什么玩意儿！畜生，畜生！这种东西。"

她站不住脚，躺在地上骨碌骨碌打滚。

"我绝不是舍不得。可我不是那种女人，我不是那种女人哪！"

岛村想起这话，正在踌躇时，女子突然惊觉到什么而跳了起来，说："是零点的上行车。"恰在那时，传来了汽笛声，她随之站起来，猛然使劲拉开隔扇和玻璃门，将身子撞向栏杆似的坐到了窗台上。

一股寒气霎时灌进房间里来。火车的声音渐渐远去,听起来犹如传来的夜风。

"喂,不冷吗?傻瓜!"岛村也起身前去,但觉无风。

这是冷酷的夜景,茫茫冰雪冻结的声音,仿佛在大地底层深沉鸣响。没有月亮。仰首望去,多得令人难以置信的璀璨繁星浮在天际,宛如在以虚幻的速度徐徐垂落。星群渐渐逼近眼前,夜空愈加深厚而遥远。县境的山峦已分不出层次,仅存的沉厚感化为影影绰绰的黧黑,将其分量悬垂在星空的下方。万物清洌,静寂和谐。

女子发觉岛村靠近,便把胸脯伏在栏杆上了。那不是荏弱的表现,而是以如此夜晚为背景,显示出无比坚定的姿态。岛村想:她又要重施故伎了。

然而,尽管群山的颜色是黑黢黢的,不知何故,看上去却是清清楚楚的白皑皑。这样一来,又令人感到群山是否为透明而空寂的。天空和山峦并不那么和谐。

岛村攥住女子的喉结那边,说道:"会感冒的,这多冷。"接着就用力把她往后拉。女子抱住栏杆不放,压低声音说:

"我回去啦。"

"回去吧。"

"让我就这样再待一会儿。"

"好的，我洗把澡就来。"

"不行，你得待在这儿。"

"你把窗户关上。"

"我再这样待一会儿。"

村子半隐在土地神庙的杉树林背后，相距不到十分钟车程的火车站的灯火，在严寒中冻得砰砰作响，将要毁坏似的忽闪忽闪着。

女子的脸庞，窗上的玻璃，自己棉长袍的袖子，所有伸手可及的东西，对岛村来说统统是第一次感受到的这么冰冷。

连脚下的榻榻米也越来越寒冷，当岛村正要独自去洗澡时，那个女子说道："请等一下，我也去。"接着，便温顺地跟着岛村走了。

正当她把岛村脱下的散乱衣服收拾到衣筐中时，一位男宿客走了进来，当他发觉女子缩在岛村胸前藏住脸时，便立即说：

"啊，对不起。"

"没关系，您请。我到那边的池里去。"岛村抢着说，于是便光着身子抱起衣筐，走向隔壁的女浴池。女子当然是装出夫妻的样子跟随而来。岛村二话没说，头也不回地跳进了温泉池。他放下心来,忍不住想大笑,但随即把嘴凑近泉水口,粗莽地漱了漱口。

回到房间里,女子轻轻地抬起侧转过去的头,用小指拢上鬓发。

"伤心啊!"她仅说了这一句话。

岛村以为她还半睁着眼,可凑近一看,原来那黑色是睫毛。

这个神经质的女子一夜没睡。

岛村像是被女子理顺那硬邦邦的衣带的声音惊醒的。

"对不起,这么早就把你吵醒了,天还没亮呢。请你看看我好吗?"女子关了电灯,"能看见我的脸吗?看不见?"

"看不见。天不是还没亮吗?"

"不!你非得好好看不可。怎么样?"女子把窗户全敞开,说,"不行呀。这下看清了,对吧?我该回去了。"

岛村对这黎明时分的严寒感到惊讶,他从枕头上抬起头来。尽管天空中仍为夜色,但山上却已是清晨了。

"没关系,不碍事。现在正是农闲节候,没有人这么早出门的。不过,是否有上山的人呢?"她一边自言自语,一边拖着正在系结的衣带走。

"刚才五点钟的下行车好像没有客人下来。旅店的人起床还早着呢。"

女子系好衣带后坐立不安,踱来踱去,还不时向窗外张望,犹如惧怕天亮的夜行动物一般,焦躁得来回打转,不得安稳。这是诡异的野性亢奋起来的样子。

在这磨磨蹭蹭中,室内的光线变得明亮了,女子的红脸蛋也清晰地显现出来。岛村看到这么鲜艳的红色,惊叹不已。

"你的脸蛋通红,太冷啦!"

"不冷哦,是我卸了妆呀。我一进被窝,马上就觉得连脚尖都热乎乎的。"她面对枕边的梳妆台说,"天终于亮了,我要回去了。"

岛村朝女子那边望了望,微微缩了下脖子。镜子里面映出荧白的亮光,那是雪。在那雪中,浮现出女子绯红的脸蛋。这是无以言表的洁净之美。

太阳已经升起来了吧,镜中的雪增强了冷峭如燃的辉耀。随之,浮现在雪中女子的秀发也闪耀着鲜艳的紫光,显得更加乌黑。

大概是为了防止积雪吧,从浴池溢出的热水被导入沿着旅店外墙临时修建的水沟,流到大门口,漫延成了温泉似的浅滩。一只壮硕的黑色秋田犬,一直蹲在踏脚石上舔着热水。好像是从仓房搬出来的客用滑雪板，摆在那里晾晒着。原来散发出的轻微霉味，也被热气熏淡了。从杉树枝上坠落在公共浴池屋顶的雪块也分崩变形了，宛如温热的物体。

那女子从山岗上的旅店窗口俯瞰过拂晓前的坡道。那时她说，终于要从年末跨入正月了，在这段时间里那条路将被暴风雪遮罩。遇上宴会，就非得穿上雪裤，再套上塑胶长筒靴，裹在斗篷里，罩上纱巾才能出门。那时的积雪，会达一丈来深。岛村现在正从那陡坡走下去，在路旁高高晾晒的尿布下面，显露出了县境的群山，连那雪光的反照，也十分清朗恬静。青绿的大葱尚未被雪掩埋。

村里的孩子们在田野中滑雪玩耍。

一进入街道旁的村落，就听到犹如悄然落下雨滴似的声响。

檐端的小冰柱，闪耀出可爱的光亮。

一个洗澡回来的女子，仰望着扫除屋顶积雪的男子，喊道：

"喂，能顺便把我家的也扫扫吗？"

她似乎感到晃眼，用湿布巾擦了擦额头。她大概是看准滑雪季节赶早来的一个女侍吧。隔壁是一家咖啡馆，贴在玻璃窗上的彩画已陈旧，屋脊也歪斜了。

大多人家的屋顶都苫上了细木板，上面摆着石块。那些圆石块只有朝阳的半面在雪中露出乌黑的表层，与其说那色彩是潮湿所致，倒不如说是长年受风吹雪浸所形成的黝黑。而且，家家户户均以类似那些石头感觉般的姿态，成排地静静匍匐在大地上，一派地道的北国风情。

一群孩子抱起水沟里的冰块，来到路上摔碎玩耍。或许是碎冰清脆飞溅时的闪光十分有趣吧。岛村站在阳光下，觉得那些冰块厚得令人难以置信。他待在那里观看良久。

一个十三四岁的女孩，独自靠在矮石墙上织着毛线。她雪裤下穿着高底木屐，但没有穿袜子，可见她通红的脚丫后跟已经皲裂。她身旁的柴堆上，坐着一个约莫三岁的小女孩，在天真地玩着毛线球。从小女孩手中牵连到大女孩手中的一条灰色旧毛线，也发出温暖的光亮。

挨在七八家住户后面的是滑雪板工厂，从那里传出了刨木材的声音。在工厂正对面的屋檐下，站着五六个艺伎，正在闲聊。岛村思忖：今天早上刚从旅店女侍那里探听到，那个女子的花名叫驹子，她可能也站在这里吧！果不其然，她正望着他走过来，一副一本正经的样子，可还没等岛村想明白她的若无其事是不是装出来的，她已经从脸颊红到脖子根了。其实她只要转过脸去就算了，但她却偏偏拘谨地低下头来，而且随着岛村的脚步渐渐接近，还

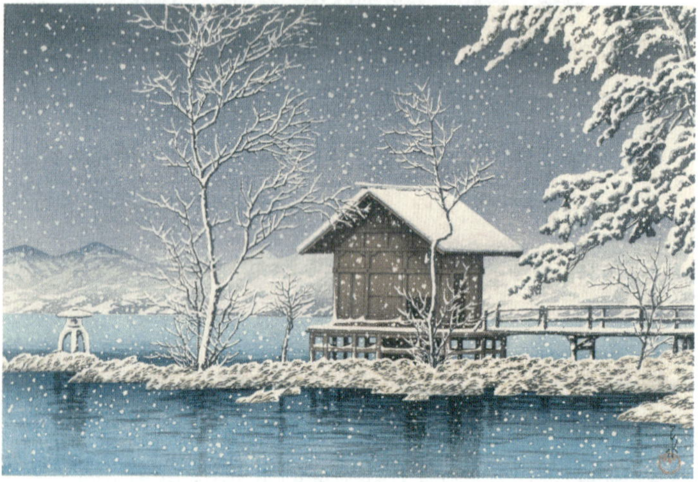

把脸缓缓地转过来。

　　岛村也感到脸上火辣辣的，当他急忙走过去时，驹子即刻追了过来。

　　"到这种地方来，我多尴尬啊！"

　　"要说尴尬，我才尴尬呢。这么成群结伙的，吓得我不敢过去啊。你们经常这样吗？"

　　"是呀，午饭后差不多都这样。"

　　"你羞红了脸，还啪嗒啪嗒追过来，不是更尴尬吗？"

　　"管他呢！"驹子斩钉截铁地说罢，又羞红了脸，于是就地站住，紧紧抓住了路边的柿子树。

　　"我想请你到我家坐坐，才跑来的呀。"

　　"你的家在这里？"

　　"嗯。"

　　"如果能让我看看日记，倒可以顺便进去一下。"

　　"我准备把它们烧掉就去死的。"

　　"你家不是有病人吗？"

　　"啊，你什么都知道！"

　　"昨天晚上，你不也到火车站接人去了吗？披着深蓝色的斗篷。在火车上，我就坐在病人附近。一位姑娘极认真、极亲切地陪护病人，那是他的太太吧？要么是从这里专程去接的人？或者是东京人？简直像他妈妈一般，看得我很感动哩。"

"你昨天晚上为什么不告诉我？为什么瞒着不说？"驹子拉下面孔说。

"是他太太吗？"

然而，驹子对此拒不作答，仍然追问：

"昨晚为什么不说？你这人真怪。"

岛村不喜欢女子的这种锐气。但能使一个女子如此出言相逼，其原因既不在于岛村，也不在于驹子，看来那是驹子性情的流露。总之，被这样反复追问，岛村倒觉得好像被击中了要害似的。今天早晨，在映着山上积雪的镜子中看到驹子时，岛村当然也曾想起在黄昏的火车中，映在窗玻璃上的那位姑娘，但为什么没把那件事告诉驹子呢？

"有病人也不要紧，谁也不会到我房间来的。"说着，驹子走进了低矮的石墙后。

右首是积雪覆盖的田地，左首是沿着邻家院墙栽种的一排柿子树。屋前好像是花圃，当中那个小小的荷花池里的冰块已被捞到池边，池子里游动着红鲤鱼。房子也同柿子树的树干一样苍老枯朽。积雪斑驳的屋顶木板已经腐烂，屋檐呈现出弯曲的水波状。

岛村一踏入土间[1]，顿感阴森寒峭，什么都还没看清，便被驹子带上了楼梯。那真是地地道道的梯子。上面的房间也是地地道道的小阁楼。

"这里以前是蚕宝宝的房间，你吃惊了吧？"

"就这个样子，你喝醉酒回来，真亏没从梯子上滚下来。"

"摔过哩。不过，那种时候，一钻进楼下的被炉桌，差不多就躺倒睡着了。"驹子说着，伸手到被炉上的棉被里摸了摸，就起身取火去了。

岛村环视这个古怪房间的结构，南面只有一扇矮窗，但细格窗框上的窗纸倒是新糊的，而且朝阳明亮。墙上也精心糊上了毛边纸，感觉像进入了旧纸箱之中。可头顶上就是完全裸露的屋脊，向着窗户那边低斜下来，故而蒙上一层凄寂的黑影。不知道墙外是个什么样子，总觉得这个房间好像是悬空的一般，不安稳。不过，墙壁和榻榻米尽管陈旧，但非常干净。

岛村不禁思忖：驹子也像蚕宝宝一样，以她那透明的身躯居住在这里吗？

盖着被炉的棉被和雪裤一样，都是条纹布做的。衣

---

[1] 土间，日本房子里没铺木地板或铺三合土的地面。

柜陈旧了，但那是驹子在东京生活的纪念，是用直条木纹的优质桐板做的。与此极不协调的是那简陋的梳妆台。朱漆的针线盒却又显示出奢侈的光泽。墙上分层钉着的木板，是用来做书架的吧，上面挂着薄毛呢的窗帘。

墙上还挂着她昨晚宴会上穿的衣服，敞露着长衬衣的红里子。

驹子拿着火铲，灵巧地爬上梯子。

"虽是从病人房里分出来的，但据说火是干净的。"她一边说着，一边蒙上新梳理好的发髻，去拨开被炉的炉灰。她说病人患的是肠结核，是回老家来等死的。

虽说是他的老家，但他并不是在这里出生的。这里是他母亲的村落。他母亲在港镇做艺伎，退休后就留在当地做舞蹈师傅，可是不到五十岁就中风了。她借机疗养，便回到这个温泉来了。她这个儿子从小就喜欢机器，好不容易才进了钟表店，所以就在港镇上待下了。不久他好像去东京上了夜校。大概是过度劳累，身心交瘁吧！据说今年二十六岁。

驹子一口气叙说的仅此而已，她仍只字未提陪护病人回家的姑娘是什么人，她自己为什么会住进这户人家。

不过，就凭这个悬空房间的结构，即使驹子只说这些，她的声音也会传到四面八方，岛村怎么也沉不下心来。

临跨出房门时，有件微微发白的东西映入岛村的眼帘，他回头一看，原来是桐木做的三弦琴盒。它看起来比三弦琴更大更长，真想象不到她能背起这个去宴会赶场。就在这时，有人拉开煤烟熏黑的纸门——

"阿驹，可以从这上面跨过去吗？"

那声音清澈悲凉、优美动人，像是从什么地方传过来的回声。

岛村记得这个声音，那是风雪中从夜车的窗口呼唤站长的那位叶子的声音。

"可以啊！"随着驹子的应答，叶子身着雪裤，麻利地跨过三弦琴盒。她的手中提着玻璃尿壶。

不管是她昨晚与站长谈话时的口气，还是身上穿着的这种雪裤，都证明叶子就是这一带的姑娘。华丽的衣带从雪裤上面半露出来，把雪裤上浅棕色和黑色相间的粗条纹衬托得非常鲜亮，薄毛呢的和服长袖也同样显得更为艳丽。雪裤的裤裆低，直到膝盖稍上处才分叉，所以看起来松懈鼓胀，而硬邦邦的棉布则显得紧绷挺括，整体感觉还是安妥服帖的。

然而，叶子只对岛村报以敏锐的一瞥，便一言不语地走出了房间。

岛村到了屋外，叶子的眼光似乎仍在他额前火烧火燎。那眼光犹如远方的灯火一般冰冷。何以至此呢？那是因为昨晚凝望着映在火车窗玻璃上的叶子的玉容时，他看到山野间的灯火从她的脸的对面流闪，当灯火与她的眼睛重叠而朦朦闪亮时，他曾为那无法形容的美而心胸震撼。现在他又回想起了昨晚的印象吧。回忆起这些，他又不禁联想起那映满白雪的镜子中，浮现出的驹子那红通通的脸蛋。

想着想着，他的脚步变快了。尽管腿脚有点白胖，但喜好登山的岛村在欣赏着山景走路时，便会油然神往，不知不觉地加快脚步。岛村常常突然进入恍惚状态，对他而言，无法相信那映出黄昏景色的镜子和反照晨雪的镜子，都是出于人工的。那是大自然的造物，而且属于遥远的世界。

甚至连刚刚离开的驹子的房间，他也觉得已属于那个遥远的世界。对持这种认知的自己，他甚觉骇然。登上高坡，见一按摩盲女走来，岛村像得救似的说：

"按摩师傅，能给我按摩一下吗？"

"可以呀，现在几点钟来着？"她把竹杖往腋下一夹，右手从衣带间掏出块带盖子的怀表，然后用左手的指尖摸着表面，说：

"两点三十五分了。本来三点半一定得到车站那边去一趟，但迟一点也不要紧。"

"你居然知道表上的时间？"

"嗯，因为我把表面的玻璃拿掉了。"

"摸一下，就知道是什么数字？"

"我不知道是什么字，不过……"说着，她再次掏出那块比女式表略大的银表，打开表盖，用手指摸给岛村看：这里是十二点，这里是六点，它们的正中央是三点。

"然后估算，虽不能准确到一分钟，但差不了两分钟吧。"

"原来如此。上下坡的，你不会摔倒吗？"

"下起雨来，女儿会来接我。晚上给村里人按摩，已经不爬高上低地到这儿来了。旅店里的女侍说是老板不让我去，所以就不能去啦。"

"孩子已经大了吧！"

"是的。大闺女今年十三岁了。"

他们边走边聊。到了旅店房间，她默默地给岛村按摩了一会儿，就侧首倾听远处宴席上的三弦琴声。

"是谁弹的呀？"

"你能从三弦琴声中，知道是哪个艺伎弹的吗？"

"有的能听出来，也有听不出来的。先生，您可是大家贵族啊，身子柔软得很哪。"

"没有僵硬的地方吧？"

"僵硬？脖颈子倒是有些僵硬。您身上胖瘦正好，平时不喝酒，是吗？"

"你知道得真清楚！"

"我认识三位客人，正好体形与先生差不多。"

"我这可是极端平凡的体形呀。"

"怎么说呢，不喝酒就没有真正的乐趣喽。喝酒能把什么都给忘掉。"

"你当家的也喝吧？"

"喝呀，真让人没办法。"

"是谁呀，弹得这么差劲。"

"哦。"

"你也弹三弦吧？"

"嗯。从九岁开始一直学到二十岁，成家后，已有十五年没去碰它了。"

岛村暗忖：这盲女看上去要比实际年龄年轻些吧，便问道：

"你小时候肯定下过一番苦功喽？"

"我的手成天光忙着按摩，但是耳朵却空闲着。所以，只要听到艺伎们的三弦演奏，就急得手发痒。是啊，感觉又回到当年的自己啦！"说着，又侧耳倾听起来。

"这是井筒屋的富美吧。弹得最好和最差劲的，最容易分辨出来。"

"这里也有高手吗？"

"一个叫阿驹的姑娘，年纪虽轻，不过近来弹得蛮好的。"

"呃？"

"先生，您认识她？虽说她弹得好，也不过是在这山乡来说。"

"不，我不认识她。可是，她师傅的儿子回来，昨晚我们乘同一班火车。"

"哎，是病好回来的吗？"

"看样子还没好呢。"

"啊？听说她那儿子在东京病了好久，所以今年夏天那个叫驹子的姑娘竟然干上了艺伎，汇钱缴医院的费用，这是怎么搞的呀！"

"你说的是那个驹子？"

"可不是吗，她算是尽心尽力了，虽说订了婚，但若年长月久……"

"你说订婚了，真有这回事？"

"呃，听说是订了婚的。我不清楚，但大家都这么传。"

在温泉旅店里,岛村听按摩女讲了艺伎的身世,这本是司空见惯的事,但这一席话反倒使他颇感意外。驹子为了未婚夫当艺伎,大致情节也无可厚非,可岛村心中却不能坦然接受。也许是与道德观念相冲突的缘故吧!

他开始萌发深入倾听下去的念头,可按摩女就此打住,沉默不语了。

倘若驹子是那师傅儿子的未婚妻,叶子是那儿子的新恋人,然而那儿子又行将就木,此时岛村的脑海中又浮现了"徒劳"二字。无论是驹子一直恪守婚约也好,还是沉沦弃身,赚钱供他疗养也好,凡此种种,不是徒劳又是什么呢?

岛村心想,碰到驹子就劈头来句"徒劳"吧!同时他又不由得感到,她的存在之于自己还是洁净无瑕的。

这虚伪的麻木散发着寡廉鲜耻的危险气息,岛村沉静地品味着它。待按摩女走后,他一骨碌躺下,方觉寒气砭骨,定神一瞧,才发现窗户仍然是全开着的。

山谷中太阳落得早,暮色已经凛凛垂落。天色晦暗,夕阳映雪的远山仿佛悄然挨近过来。

少顷,伴随着山峦姿态各异的远近高低,形形色色的皱襞阴影加深了,到了峰巅仅留淡淡余晖时,雪峰上面

御室山門

已是晚霞映红的天空了。

村子的河边、滑雪场和神社等地，处处都散生着杉树林，黑黢黢的十分惹眼。

正当岛村饱受空虚苦楚的煎熬之时，驹子走了进来，犹如点亮了温馨的灯火。

驹子讲，欢迎滑雪客的筹备座谈会在这个旅店里举行，她是被邀前去，在座谈会后的宴会上陪酒的。

她把腿一伸进被炉，就突然抚揉岛村的两颊，说：

"今晚你好白，真怪。"

随后她像要揉碎岛村两颊似的，揪住他柔润的脸庞，说：

"你这个傻瓜。"

她好像已经微醺，但散了酒宴再来时，竟嚷道：

"不行，已经不行了！头痛，头痛！哎哟，好难受呀，难受！"接着，便在梳妆台前瘫了下来。真奇怪，醉意刹那间就涌上了她的脸庞。

"我要喝水，给我水呀。"

她两手捂脸，也不顾发髻会散掉便躺倒了。不一会儿，她坐了起来，用乳霜除去脂粉，那过于绯红的脸蛋顿时暴露无遗，连驹子自己也乐得笑个不停。她戏剧性地很快从酒醉中醒了过来，发冷似的颤抖着肩膀。

接着，她用平静的语气，说她整个八月都因神经衰弱而无所事事。

"我真担心自己会疯掉。不知咋的，我成天只顾瞎想，但到底想些什么呢，我自己也不明白。真可怕！那时我根本睡不着觉，只有到宴会上陪酒时才能提起精神呀。我做过各种各样的梦。也不能好好吃饭。我还用针去戳榻榻米，戳进拔出，戳进拔出，就这样不停地戳呀。那可是在大热天里啊。"

"你是几月做艺伎的？"

"六月。要不然，也许我这个时候已经在滨松了呢。"

"去结婚？"

驹子点点头。接着她又说，滨松的那个男人，缠着要和她结婚，但她怎么都喜欢不上他，挺迷茫的。

"既然不喜欢，那有什么好迷茫的呀？"

"话不能这么说。"

"结婚，有这么强的引诱力？"

"讨厌。根本不是那么回事，但我如果不把身边的事处理得干干净净，是会心神不定的。"

"哦。"

"你呀，是个不拘小节的人吧。"

"那么，你同那个滨松的男子是否有过什么关系？"

"要是有什么的话，不就不迷茫了吗？"驹子断然说道，"不过，他说只要我待在这里，就不准我同任何人结婚。不论我干什么，他都要捣乱。"

"他住在滨松那么远的地方，你还在意那些吗？"

驹子沉默片刻，像是陶醉于自己身上的温暖似的静静躺着。突然，她若无其事地说："我还以为怀孕了呢，嘻嘻，现在想起来都笑死人，嘻嘻，嘻嘻。"她莞尔一笑，猛地缩起身子，孩子般地用两只手攥住岛村的衣领。

合上眼之后的浓密睫毛，看起来又像半睁着的黑眼珠了。

次日清晨，岛村醒来时，驹子已经单肘支在火盆上，在旧杂志的背面胡乱涂画着。

"呃，回不去啦。女侍送火进来，真不好意思，吓得我慌忙起来，太阳已照到纸拉门上了。昨天晚上喝醉了，所以迷迷糊糊地就睡着了。"

"几点了？"

"已经八点了。"

"洗澡去吧！"岛村边说边站起身来。

"不行，在走廊上会碰到人的。"这时她简直变成了一位温顺的淑女。待岛村从浴池回来时，她正机灵地将手巾披戴在头上，麻利地打扫着房间。

她连桌腿呀火盆沿呀都神经质地擦拭了一遍，清除炉灰的手法也相当熟练。

岛村把脚伸进被炉里，就那么躺着抽烟。当他弹下烟灰时，驹子旋即用手帕悄悄拭去，并拿来了烟灰缸。岛村爽朗大笑。驹子也笑了。

"你要是结了婚，丈夫肯定成天挨训。"

"没有什么好训的呀。我连该洗的衣服都叠得整整齐齐的，常常被大家笑话，不过这是天性呀。"

"据说只需看看衣柜里面，就可以知道那个女人的习性。"

整个房间充满温煦的晨曦，他们俩一边吃早饭，一边闲聊。

"这天气太好了！早些回去练琴该多好啊！这种天气，连琴声都会与平时不一样的。"

驹子仰望着澄澈的碧空。

远处的山峦笼罩在犹如积雪蒸腾一般的柔滑乳白色中。

岛村想起按摩女的话，便说在这里练也可以，驹子听后立即起身给家里打电话，让家里把长呗的曲本和替换衣服一起送过来。

白天看过的那户人家有电话吗?岛村刚这样思忖,脑海中又浮现出了叶子的眼睛。

"是不是那位姑娘给你送来?"

"也许是吧!"

"有人说,你是那家儿子的未婚妻?"

"哎哟,你什么时候听说的?"

"昨天。"

"你这人好古怪。听说了就听说了呗,为什么昨天不说出来呢?"然而,这次与昨天中午不同,驹子清纯地微笑着。

"真是难以开口呀!如果不轻蔑你的话。"

"这不是心里话!东京人爱撒谎,真讨厌。"

"你看,我一提起,你不又把话岔开了吗?"

"没有影的事啊!可你,把它当真了?"

"是的。"

"你又说谎啦!其实你没有当真,可……"

"当然喽,我也觉得不能全信。可是,据说因为你是他的未婚妻,所以才当艺伎,去挣疗养费的。"

"好烦心,这种像新派戏剧[1]一样的传言。什么未婚妻

---

1 新派戏剧,日本戏剧的一种形态。明治中期作为政治宣传剧出现,与歌舞伎不同,后来和新剧也有区别,作为大众现代剧得到发展。

啦，都是别人瞎讲的。好像有不少人这样认为呢。我也不是为了什么人才去当艺伎的，不过，应该尽力的事，就必须尽力啊。"

"你说的话都像谜语似的。"

"那我就明说吧。师傅也许有过想让她儿子跟我成婚的意思，但也不过是心里这么想，嘴上可从来没有提过。可是，我和她儿子对师傅的心思都有所觉察。不过，我们两个人之间并没有什么。仅就这些。"

"那你们是青梅竹马喽？"

"呃，不过我们以前是各自过着各自的生活。我被卖到东京去时，只有他一个人送我上车。这事我曾写在第一本日记的开头。"

"如果两人一直同住在那个港镇，也许现在就成一对了吧。"

"我认为不会有那种事的。"

"是吗？"

"不必为别人的事操心啦，他已快死了。"

"还有，你在外面过夜不太好吧？"

"你这个人，真不该说这种话。我是做我爱做的事，快死的人怎么阻止得了我呢？"

岛村无言以对。

然而，驹子仍旧只字不提叶子，这是为什么呢？

且说叶子，她甚至在火车上也能像年轻的母亲一样，忘我地照顾着那男子，并把他平安地带回老家，早上还要送替换衣服到与那男子有着微妙关系的驹子这边来，她又作何感想呢？

岛村自顾神驰于遥远的空想中时，传来了叶子"阿驹，阿驹"那低沉而澄澈的美丽呼唤声。

"哎，辛苦你了！"驹子站起来，去了隔壁仅有三张榻榻米大的小房间。

"叶子，你为我跑了一趟。唉，全都拿来了，这么重。"

叶子默然而归。

驹子用手指拨断第三根弦，随后换上新弦调好了音调。这当儿，岛村已领略到她的琴艺了。她打开摆在被炉桌上的硕大包袱一看，里面除了普通的练习曲谱之外，还装有二十多本杵家弥七[1]的文化三弦曲谱，岛村颇感意外，便伸手拿起一本问道：

"你是用这些曲谱来练习的吗？"

"可不是嘛。这里没有师傅，没有办法啊。"

---

[1] 杵家弥七（1890—1942），日本长呗三弦专家，本名赤星瑶，是弥七二世的弟子弥寿治的女儿，大正五年（1916年）袭名弥七四世。大正年间致力于将三弦音乐乐谱化，完成了文化三弦曲谱。

"家里不是有师傅吗？"

"她中风了。"

"就是中风，也可以口授。"

"嘴也不好使了。舞蹈方面，还能用可动弹的左手来纠正，可是三弦，我都听得烦死了。"

"用这个能看懂吗？"

"全都明白哩。"

"若是一般姑娘，倒也正常，而艺伎竟能在偏远的山窝里刻苦用功练习，乐谱店也会感到欣慰吧。"

"舞伎是以舞蹈为主的，后来让我到东京学的，就是舞蹈。三弦只记住了点皮毛知识，忘了也没人给辅导，只有靠乐谱了。"

"歌唱方面呢？"

"不行。练舞蹈时听熟了的还马马虎虎，但是新曲子都是从收音机里还有其他地方听来的，也不知道对不对。我自己的习惯唱法会混进其中，一定怪怪的。而且在熟人面前，提不起嗓子；如果是面对陌生人，反而能放声高歌。"说罢，她还有些腼腆呢。接着她坐正身子，盯着岛村的脸，像是在等着他来点唱。

岛村一愣，倒突然怯场了。

他生长在东京的平民住宅区，自幼就接触周围的歌舞伎或日本舞之类，从而记住了一些长呗的歌词，那只是耳熟能详记下来的，并没有主动学过。提起长呗，他的脑海中会即刻浮现出舞蹈的舞台，而联想不到艺伎的酒宴。

"真讨厌，你是最会摆架子的客人了。"说完，驹子咬了一下嘴唇。然而当她把三弦抱在膝上，就像换了一个人似的。她端庄地打开练习曲谱。

"这是今年秋天按曲谱练习的曲目。"

曲名是《劝进帐》[1]。

突然，岛村感到脸上起了鸡皮疙瘩似的，一阵凉意一直贯通到腹部。奏鸣的三弦琴声，响彻于他昏然空荡的脑海中。与其说他惊愕失神，倒不如说他被这曲子震撼征服了。他被虔敬之念所打动，被悔恨之心所荡涤。他已经全然无力，只得舍弃自我，跟随着驹子的琴声魅力任意漂流浮沉，享受那种快感。

岛村原以为她不过是个十九二十岁的乡村艺伎，三弦的弹唱水准不过尔尔，只能在宴会上助助兴，但她竟然像在舞台上一样演奏起来！岛村暗想：这不过是自己对大山的感伤而已吧……驹子时而故意草读歌词，时而又说"这几句又慢又啰唆"就跳了过去。但当她渐渐入迷似的

---

[1]《劝进帐》，中文称《化缘簿》。此处表示曲名，是歌舞伎十八番之一。由能乐《安宅》改编而成。描写逃往奥州的源义经主仆通过安宅关的情景。

高声弹唱起来时，岛村心想，这弹拨的弦音究竟能高亢到什么程度呢？他惊恐了，但随即又故作夸张地枕着手臂躺下身来。

《劝进帐》曲终，岛村如释重负，心想：唉，真可悲啊！我竟然以为这位女子在暗恋着我呢。

"这种天候的琴声不同寻常。"驹子望着雪霁晴空，仅说了这么一句。空气的确不同。这里既没有剧场的墙壁，也没有听众，更没有都市的尘嚣，弦音只荡漾于纯粹冬日的清澄早晨，径直回响到遥远的雪山冰峰。

纵然她自己不知晓，可她总是将山峡大自然作为对象而孤独地苦练，这就是她的习惯，所以那铿锵有力的弦音是自然产生的。那种孤独感践碎哀愁，孕育了野性的意志和力量。虽说她有几分天资，但是从单靠曲谱独自练习复杂的曲子，到不看曲谱也能弹奏自如的过程中，肯定饱含着坚强的意志和不懈的努力。

岛村觉得，驹子那种或是虚无的徒劳，或是对人生远景悲观的生活方式，均以对她自身的价值，灌注于凛然弹拨的琴声中了吧！

岛村的耳朵还听不出细腻的手法和圆熟的技巧，仅能听懂音中感情。像他这种程度的人，真可谓是驹子的最佳听众。

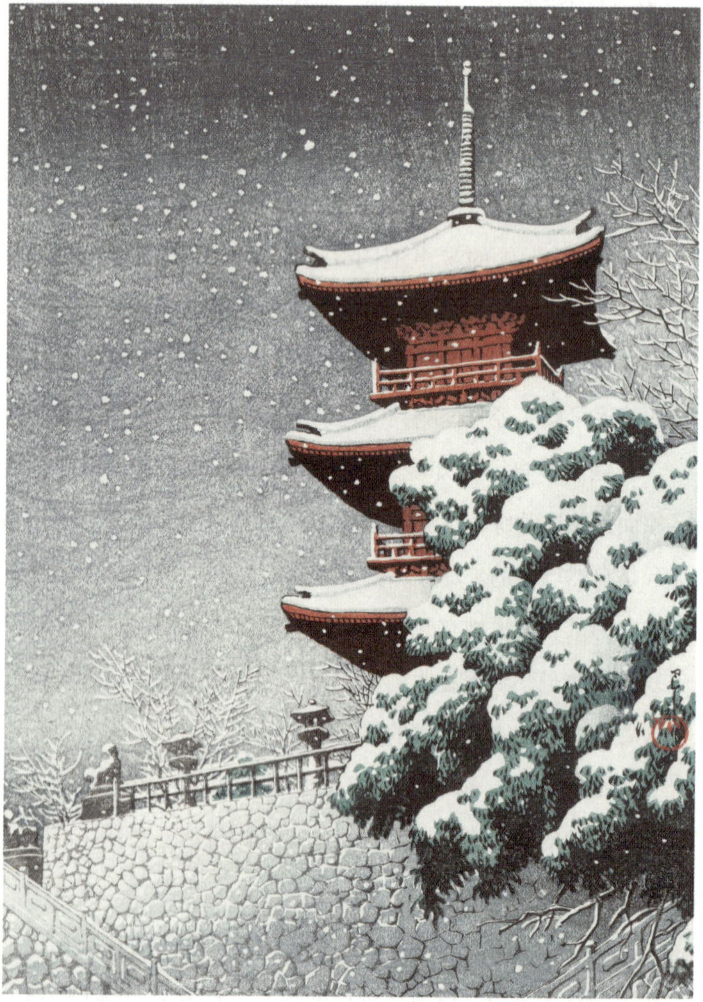

当她开始弹第三曲《都鸟》[1]时,因那曲调妖艳柔绵,岛村起鸡皮疙瘩的念头也随之消逝,得以温存安闲地凝视着驹子的脸。这么一来,一种深切的肉体亲切感油然而生。

瘦削高挺的鼻梁稍显单薄,但浮现于两颊上生气蓬勃的潮红,却烘托出"妾身在此"这种悄然细语似的感觉。那美丽而红润的嘴唇在闭成樱桃小嘴的时候,映在唇上的光艳也似滑润闪动。反之,即使随着歌唱而张大嘴巴时,也似如即刻收缩复原般的可爱风情,简直与她身体的魅力如出一辙。在微微下倾的眉梢下,眼角既不上挑,也不下垂,那双好像特意描绘成直线一般的眼睛,水汪汪地闪着光亮,透出稚气。她脂粉不施,可说是山色浸染了她在都市做艺伎时的清纯。像是剥开百合或洋葱头球根似的新嫩皮肤,连脖子根都发起淡淡的潮红,显得无比洁净。

她端庄地坐着,但是与往常又有些不同,活脱脱像个小姑娘。

最后,她说还有一首正在练习的曲子,于是,便看着乐谱弹起了《新曲浦岛》[2]。曲终,驹子默默地把拨子夹

---

[1] 《都鸟》,中文称《赤咮鸥》,此处表示曲名。安政二年(1855年)由杵屋胜三郎二世作曲的长呗,借漂浮在河面上的赤咮鸥(都鸟),描绘出男女幽会时的缠绵感人故事。

[2] 《新曲浦岛》,日本长呗的曲名。由坪内逍遥创作的《新曲浦岛》改编而成。序曲由杵屋六左卫门、杵屋勘五郎作曲。明治三十九年(1906年)首演。

入弦下，松弛下身姿。

她突然变得妩媚妖艳起来。

岛村什么话都说不出来，驹子也毫不介意岛村有没有评议，显露出淳朴的快乐神情。

"你只听这里艺伎弹的三弦声，能不能听出是谁弹的？"

"当然能听出，总共还不到二十人嘛。最容易听出来的是《都都逸》[1]，它最能体现弹奏者的个性。"

接着她拿起三弦，挪动了一下弯着的右腿，把琴身搁在腿肚上，又向左扭一下腰，上身右倾。

"小时候就是这样练的。"说着，她瞅着琴杆，童趣十足地唱道："乌——黑——秀——发——的……"并砰砰地拨着琴弦。

"你最早学的是《黑发》[2]？"

"嗯嗯。"驹子像她小时候那样，摇晃着脑袋。

自此以后，驹子即使在旅店里留宿，也不勉强赶在天亮前回去了。

---

1 《都都逸》，又名《都都一》，日本俗曲的一种。娱乐性三弦歌曲。具有七、七、七、五调26字的固定格律。为天保末期（约1840年）江户的都都逸坊扇歌集曲调之大成。
2 《黑发》，日本长呗曲名。

旅店里的一个小女孩在走廊上老远就叫喊"驹子姐姐——",还提高了尾音的拖腔。驹子把她抱进被炉,专心陪她玩到接近正午,才带着这三岁的女孩去浴池。

洗完澡后,她一边给小女孩梳着头发,一边说:

"这孩子只要见了艺伎,就提高拖腔喊驹子姐姐。看见照片图片什么的,只要有人梳着日本发髻,她都认为是驹子姐姐啊。我喜欢小孩,所以很了解他们的心思……小君,咱到驹子姐姐家去玩吧!"说罢,她起身走到走廊,却又在藤椅上安闲地坐了下来。

"东京的人这么性急,老早就来滑雪了呢。"

这个房间位于高地上,能从侧面向南眺望山麓的滑雪场。

岛村也从被炉旁转过头来观望,但见山坡斜面的积雪斑驳,有五六个穿黑色滑雪服的人,一直在山脚下的田地中滑着玩。那些梯田畦还没有被雪覆盖,坡度也不够陡,所以更显枯燥无味。

"好像是学生。今天是不是星期天?这样滑好玩吗?"

"不过,他们滑的姿势倒挺正规的。"驹子自言自语似的说道,"艺伎在滑雪场里向熟客打招呼时,他们会惊呼:啊!原来是你。脸上被雪光灼黑了,所以认不出你啦。夜里都是化了妆的吧!"

"也穿滑雪服？"

"不，穿雪裤。唉，讨厌，讨厌死了。在宴会上分手时，互道明天滑雪场上见的时期又快来了。今年不太想滑了。再见。喂，小君，咱们走。今晚会下雪啊。下雪前可冷啦！"

岛村坐到驹子离开后的藤椅子上，便望见在滑雪场尽头的坡道上，牵着小君的手回家的驹子。

云头上来了，阴影中的山和仍在阳光下的山相互重叠，向阳和背阴时时变幻，一派肃杀景象。终于，滑雪场也倏然阴暗下来。俯观窗下，枯萎了的菊花篱笆上，霜柱凸起，一如琼脂。然而，屋顶上的融雪流入导水管的声音，却不绝于耳。

那天晚上没有下雪，飘落一阵冰雹之后就下起雨了。

回东京之前的夜晚，皓月高悬，空气冷彻，岛村再度把驹子招来。都将近十一点钟了，她却说要出去散步，还不听劝。后来她粗鲁地把岛村从被炉中抱出来，硬是拖他出去了。

路上已结冰。静谧的村庄沉睡在凛凛寒气深处。驹子撩起和服下摆，掖在衣带后面。月亮澄澈得简直像冻在青光剔透的冰层中的锋刃。

"要一直走到车站哟。"

"你疯了,来回有一里[1]路呢。"

"你不是要回东京去了吗?我要去看看车站。"

岛村从肩到腿都冻麻了。

回到旅店后,驹子马上沮丧起来,把两臂深深地伸进被炉的棉被中,一反常态,连澡都不去洗。

被炉上的被子原样不动,也就是说,直接把睡觉的被子覆盖在上头,把垫褥铺到被炉边。睡铺只铺了一个,驹子从侧旁靠着被炉,一直垂头不语。

"怎么啦?"

"我要回去。"

"胡说。"

"我没事儿,你睡吧,我想这样待着。"

"为什么要回去?"

"不回去了,在这里待到天亮。"

"不值得,别怄气呀。"

"没怄气呀,我才不怄气呢。"

"那是……"

"嗯嗯,我不大利索。"

"我还以为是什么事呢,还是这种事情呀。我一点都

---

1 里,指日里。1日里约合4千米。

不在乎。"岛村笑道,"我不会怎么样的呀!"

"讨厌。"

"那你还那样乱跑一通,真是糊涂呀你!"

"我要回去。"

"不回去也无所谓呀。"

"好难受。啊,你还是回东京去吧。我好难受呀。"驹子轻轻地把脸伏在被炉上。

所谓难受,大概是对旅人感情渐深的忐忑不安吧。又或许是在这种时候,她始终强忍不露的郁闷心情吧。女人的心竟然到了如此地步?岛村沉默良久。

"你回去吧!"

"其实我正考虑是否明天回去呢。"

"啊,为什么要回去?"驹子如大梦初醒似的抬起头来。

"不管住多久,我不还是对你无能为力吗?"

她茫然地盯视岛村一会儿,突然激动地说:"就是这点不好!你呀,就是这点不好。"说罢,便焦躁地站起来,猛然搂住岛村的脖子,一边乱抓乱挠,一边脱口说道:"你,不许提这些呀。起来,我说了要你起来!"接着,她自己反而先倒了下来,心情狂躁不安,竟连身体不适也忘得一干二净。

随后，她睁开温润的双眼，平静地说："说真的，你明天回去吧。"她捡起掉落的发丝。

岛村决定第二天下午三点离开旅店。在他换衣服时，旅店的掌柜悄悄地把驹子叫到走廊里。他听到驹子在回答："哦，请你按十一个钟点算，好吧。"也许是掌柜认为十六七个钟点太长而说起的吧。

一看结账单，方知此店规定早上五点退房的就算到五点，第二天十二点退房的，就算到十二点，一切都是按钟点计算的。

驹子在外套上裹着白围巾，一直送行到车站。

岛村为了消磨时间，便去买了木天蓼腌果、蓴朴罐头等土特产回来，没想到还有二十分钟空闲时间，所以就到车站前地势较高的广场上溜达。岛村边眺望着风景，边感叹这雪山环绕的狭窄土地。驹子的秀发过于浓黑，在荒寂苍凉的背阴山谷的衬托下，反而显得悲怆凄幽。

不知何故，在远方河流下游处的山腰，有一块透出微弱阳光的地方。

"我来了之后，雪不是大都融化了吗？"

"不过，下两天雪，马上就能积到六尺了。如果还下，那根电线杆上的电灯也会被雪埋住。到那时，如果我一边想着你一边走路，脖子可能会挂到电线上受伤哩。"

"积得那么厚？"

"前条街上有一所中学，说是在大雪天的早晨，有人从宿舍二楼窗口赤裸着身子往雪里跳，身子一下子就沉下去看不见了。于是，那人像游泳一样，从雪底下手扒脚蹬地走。喏，那里还有专门开雪道的人呢。"

"真想来赏雪呀，可是正月里旅店会客满吧。火车会不会被雪崩埋住呢？"

"你这个人挺会享受的呢。每天都这样生活吗？"驹子望了望岛村的脸，继续说道，"你为什么不留胡子呢？"

"哦，我正想留呢。"他一边摸着脸上铁青色的剃刀刮痕，一边暗忖：自己的嘴角连有完美的皱纹，会使细柔的面庞看上去紧实刚毅，也许驹子也是为此喜欢上我的吧！

"你是怎么搞的，每次把脂粉洗净，脸蛋便像刚用剃刀刮过似的。"

"让人生厌的乌鸦在叫。是在哪里叫的呢？好冷呀。"驹子仰望着天空，两肘相抱，交叉在胸前。

"我们去候车室的炉子那边烤一烤吧。"

这时候，穿着雪裤的叶子正从街道往车站转弯的大马路上，朝这边慌慌张张地跑过来。

"啊，阿驹，行男哥他……阿驹！"叶子气喘吁吁，宛如小孩子逃离妖魔后搂紧妈妈一般，抓住驹子肩膀。

"快回去，情形不对头，快！"

驹子像忍住肩上的疼痛似的合上眼睛，脸色瞬间变了。想不到她摇了摇头，斩钉截铁地说：

"我正在送客人上车，不能回去。"

岛村惊然，说道：

"这不已经送行了吗，到此为止吧！"

"不行，我不知道你以后还来不来。"

"我会来的，一定会来的。"

叶子好像压根儿没有听见似的，焦急地拉着驹子说道：

"刚才，我打电话给旅店，说是你在车站，我急忙赶过来了。行男哥在叫你呢。"

驹子纹丝不动，忍耐片刻后突然挣开叶子，说：

"我不回去。"

此时，反倒是驹子自己踉踉跄跄了两三步。随后，她"呃"的一声，像是要呕吐，可什么也没有吐出来，只是眼圈润湿，脸上起了鸡皮疙瘩。

叶子呆然，神情紧张地盯着驹子。然而，她的表情太过认真，分不出是愤怒、惊骇抑或悲哀，就像假面具一般，显得毫无生机。

她仍以这种表情转过头来，冷不防抓住了岛村的手，放高嗓门催逼道：

"唉，对不起，请你让她回去，让她回去吧！"

"哦，我让她回去。"岛村大声喊道，"快回去吧，傻瓜！"

"你，说些什么呀？"驹子朝岛村说着，同时伸手把叶子从岛村那里推开。

岛村刚要指火车站前的汽车，但是手指被叶子用力握得都麻木了，只好说：

"就用那辆汽车，马上送她回去，你暂且先走一步，好吧！这里人那么多，都在看哪。"

叶子点了点头，表示同意。"快点呀，快点呀。"说完，她转脸就跑，干脆得令人感到意外。目送着她渐渐远去的背影，岛村对那姑娘为何又摆出通常那种认真的样子，心中掠过这种场合不应有的疑惑。

叶子那种美得近乎悲怆的声音，好像刚从某座雪山上传来的回声一般，萦绕在岛村耳畔。

"到哪里去？"驹子看岛村想去找汽车司机，便一把将他拉回来说，"不，我不回去。"

岛村忽地对驹子感到肉体上的憎厌。

"虽然我不知道你们三人之间有着什么关系，但师傅

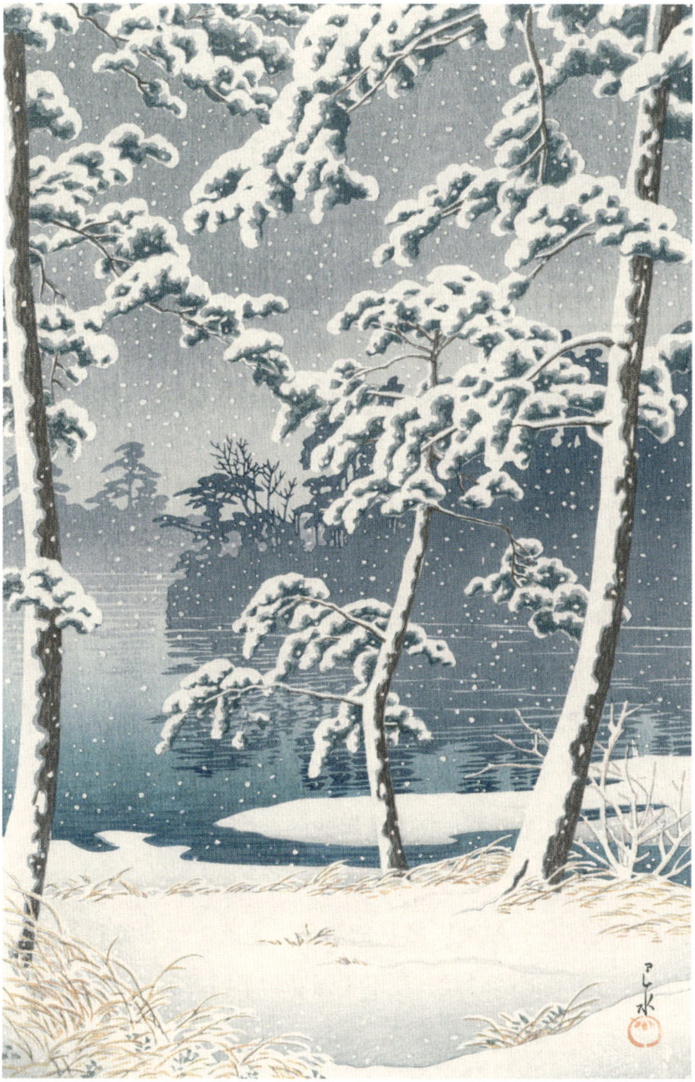

的儿子也许马上就要死了。他是那么想见你一面,所以叶子才赶来叫你。大大方方地回去吧!要不然会后悔一辈子的。我们在这里谈话时,他断了气怎么办?别固执了,爽快地把一切付之东流吧。"

"不是这样,你误会啦。"

"你被卖到东京去时,他不是唯一来送你的人吗?你曾在最早的日记的最初一页记下的那个人,现在已经奄奄一息了,岂有不去送别的道理?那个人生命的最后一页,要你去写上一笔啊。"

"不,我怕看人死去。"

这种话可以当作是冷酷无情,也可以当作是爱情炽热。岛村正在迷惑时,只听得驹子喃喃说道:

"再也不能记日记什么的了。我要把它烧掉。"

不知怎么回事,她的面庞浮上了红晕。她继续说:

"呃,你是个真诚的人。若是真诚的人,我把日记统统送给你也无所谓。你不会笑我的,我认为你是一个真诚的人。"

岛村有一种难以名状的感动。是的,当他觉得没人比自己更真诚的时候,便不再强劝驹子回去了。驹子也默不作声了。

掌柜的从旅店驻站事务所走出来,通知开始检票了。

只有四五个穿着灰暗冬装的本地人默默地上下车。

"我就不上月台了。再见。"驹子站在候车室窗户的内侧说。玻璃窗紧闭着。从火车中眺望，她就像被人忘掉的一个孤零零的怪异水果，置于荒凉寒村中水果店里被煤烟熏黑的玻璃箱中一样。

火车一开动，候车室的窗玻璃即刻光亮起来，刚一看到驹子的脸蛋忽地在那光亮中闪闪浮现，转瞬又消失得渺无踪影了。然而，这张脸和那天清晨在雪茫茫的镜中映出的脸同样绯红。在岛村看来，这又是与现实这种物体告别时候的颜色。

当火车从北坡爬上县境的山峦，穿过长长的隧道时，冬天午后的微弱阳光，像被这片大地中的黑暗全都吸掉一样；还有这陈旧的火车，宛如在隧道中脱掉了明亮的躯壳，从重峰叠峦之间驶向暮色初染的山谷。山这边还没下雪。

火车沿着河流终于来到旷野上，但见山顶仿佛是趣味盎然的雕刻，一条美丽的斜线从那里缓缓伸展到山脚，那里的天际已染上了月色。这是原野尽头的唯一景色。浅淡晚霞浮映的长空，把那座山的整个容姿鲜明地描绘成浓郁的浅蓝色。月儿，光柔色淡，还未现冬夜的清亮冷光。空中没有一只飞鸟。山脚下的旷野毫无遮掩，向左右扩展延伸，在接近河岸处，矗立着像是水电站的雪白建筑。这便是黄昏时分残留在枯冬车窗中的景物了。

车窗因暖气的温热而开始起雾，随着窗外流动着的原野逐渐昏暗，乘客的身影再次半透明地映现在窗玻璃上。这便是那幕以黄昏景色为背景的镜中幻剧。如今，这列火车不像是东海道线上的那种，而是其他地方的火车，只拖着陈旧褪色的三四节老式车厢。电灯也很昏暗。

岛村油然感觉乘坐在非现实的物体上，时间和距离等的观念也失去了，如同陷入茫然运送走身躯的恍惚状态中。单调的车轮声响，开始幻化成了女人的话语。

那些话语虽然断断续续而且短促，却是女人竭尽全力活着的象征。他听得甚为难受，所以一直不忘。如此一来，对于当今渐行渐远的岛村来说，这只不过像是平添旅愁的遥远的声音。

也许就在这会儿，行男已经断气了吧？她为什么执拗地不肯回去呢？驹子会不会因此而没赶上见行男最后一面呢？

火车上的乘客少得可怕。

一个五十开外的男人与一个面色红润的姑娘相对而坐，他们只顾着不停地聊天。那姑娘丰腴的肩膀上缠绕着黑色围巾，气色鲜亮润红，如同燃烧的火焰。她向前探着身，专注地听讲，还饶有兴趣地应和作答。看样子，这两人在做长途旅行。

然而，到矗立着缫丝厂烟囱的车站时，这位大叔慌忙从行李架上搬下柳条箱，一边从窗口卸下月台，一边对姑娘说："再见喽，有缘下次再相会！"言罢，径自下车走了。

岛村忽地热泪盈眶，连他自己都感到愕然。因此，他越发觉得这是告别女子的归程。

做梦也想不到他们仅仅是偶然在车上相遇的两个人。那男子大概是跑单帮什么的吧！

从东京临出家门时，太太曾告诉岛村：正值飞蛾产卵的季节，不要把西装敞挂在衣架或墙上。一来到这里，他果然见到吊在旅店房间屋檐下的装饰灯上，竟吸附了六七只暗黄色的大飞蛾。在隔壁小房间的衣架上，也落了一只个头虽小，但身子胖滚滚的飞蛾。

窗户照旧嵌着夏季的防虫铁纱网。纱网上面，仍有一只飞蛾像黏附在那里似的，安静地趴着不动。它伸出一对茶色小羽毛似的触须，然而它的翅膀却是透明般的淡绿色。那翅膀有女人的手指那么长。连接对面县境的崇山峻岭沐浴在夕阳中，已经染上秋天的色彩，所以这一点淡绿，反倒像死的一样。只有前翅与后翅重叠的部分，绿色浓重。秋风吹来，那翅膀便像薄纸一般飘然掀动。

岛村站起身来去看那只飞蛾是不是活的，他从纱网里面用手指去弹，飞蛾一动不动。他用拳头猛然一捶，它便像树叶一般轻飘飘落下，可落到一半却轻扬飞舞起来了。

定睛望去，在对面的杉树林前面，无数的蜻蜓成群飘流，犹如蒲公英的绒絮在飞舞。

山麓的河流，宛如从杉树梢上流出来似的。

稍高的山腰上盛开着像是胡枝子的白色花朵，银光闪闪。岛村又在痴情地观赏。

从室内浴池出来时，见一个俄国妇女正坐在大门口摆摊叫卖，岛村心想，她居然到如此荒僻的山村来，便凑过去看了看，原来卖的全是些极普通的日本化妆品和发饰之类。

她大概有四十出头了，脸上已有皱纹，尘垢满面，但那粗粗的脖子可看到的部分却雪白如脂。

"你从哪里来的？"岛村问。

"从哪里来的？我，从哪里来？"俄国妇女像是不知如何回答，一边思考着一边收拾摊子。

她穿着的裙子像是缠着块脏布似的，已经没有洋装的感觉了。她好像已习惯了日本的生活，背起偌大的包袱回去了。不过，她脚上倒穿着皮鞋。

受一起目送俄国妇女的老板娘之邀，岛村也进了账房。房里的炉子旁边背坐着一个大块头的女人。那女人提着衣服下摆站了起来，她穿着印有家徽的黑礼服。

岛村对这个女人也有些印象：她是艺伎，曾在滑雪场的宣传照片中与驹子并排站在滑雪板上，仍是穿着宴会服，只是套上了棉布雪裤。她是个体态丰盈、举止大方的半老徐娘。

旅店老板把火筷子横在炉口上，正在烘烤椭圆形的大豆沙包。

"这玩意儿，吃一个怎么样？是人家办喜事送的，沾点儿喜气，尝一口吧！"

"刚才那个人不干那行了？"

"是呀。"

"她倒是一个好艺伎哩！"

"合约到期了，她特来辞行的，人家过去可是个红人呢。"

岛村拿着热腾腾的豆沙包，一边吹气，一边啃着，觉得这硬邦邦的外皮有些陈腐味，还有点发酸。

窗外，夕阳映照在熟得红通通的柿子上，那光线好像一直照射到悬在炉子上方吊钩的竹筒上面。

"那么长呀,是芒草吧?"岛村惊讶地望着路坡。老婆婆背走的那捆草,竟然是她身高的两倍,而且还有长长的草穗。

"呃,那是茅草。"

"茅草?是茅草吗?"

"铁路部开温泉展览会时,建了座茶室,作为休息室用的吧,那屋顶就是用这里的茅草葺的呢!听说后来那茶室被东京的什么人原封不动地买走了。"

"是茅草吗?"岛村自言自语地又嘟囔了一遍,"山上绽放的花穗是茅草吗?我还以为是胡枝子花呢。"

岛村下火车后最先映入他眼帘的,便是这山上的白花。从陡峭的山腰到山顶附近,遍地白花烂漫,银光闪闪。它们仿佛是倾泻在山上的暮秋阳光本身,不禁令岛村情为所动,深切感叹。他原以为那是白胡枝子花呢!

然而,近看茅草的那股苍劲刚挺,与仰望远山令人感伤的花儿截然不同。硕大的草捆,把背着它的女人们的身姿完全遮掩住,剐蹭到斜坡两边的崖石上,发出嘎沙嘎沙的声响。草穗刚健遒劲。

回到房间里一瞧,在隔壁十支光灯泡映照的幽暗房间里,那只大腹便便的飞蛾,正在涂了黑漆的衣架上爬行产卵。屋檐下的飞蛾，也正啪嗒啪嗒地冲撞装饰灯。

秋虫从白天便一直鸣叫。

驹子来得稍微迟些。

她就站在走廊，直对着岛村盯视。

"你来做什么？到这种地方来干什么？"

"我是来看你的。"

"这不是心里话。东京人就爱说谎，讨厌！"

随后，她一边坐下来，一边温柔地压低声音说：

"我再也不去送你了。那真是说不出来的感受呀。"

"好嘛，这次我走时不告诉你。"

"不行，我只是说不上车站送你了。"

"那个人怎么样了？"

"还用问？死了。"

"是在你送我上车那时候吗？"

"先别说这个。这送别，我真没想到竟会那么难受啊。"

"嗯。"

"你呀，二月十四日怎么搞的？全是谎话，让我等得好苦啊！再也不相信你说的话了。"

二月十四日是驱鸟节[1]。这是雪国儿童传统的年度活

---

1 驱鸟节，日本农村民俗之一。旧指农历正月十四，此处的二月十四指公历。

动。从十天以前起，村里的孩子们就要穿上草鞋，把雪踩实踏硬，然后切成两尺见方的雪板，堆砌起来搭建雪堂。那是由丈八见方、一丈多高的雪板筑成的殿堂。十四日的夜晚，孩子们把挨家挨户收集来的稻草绳[1]，堆在堂前烧成熊熊大火。这个村庄是以二月一日为正月新年的，所以此时稻草绳仍未除去。而后，孩子们爬上雪堂屋顶，相互推搡着唱起驱鸟歌。接着，进入雪堂点灯守夜，直到天亮。十五日拂晓，他们要再一次爬上雪堂屋顶唱驱鸟歌。

那大概正好是积雪最深的时节吧，所以岛村曾与驹子约好，届时前来观赏驱鸟节。

"二月份，我回老家去了，生意都没做。我认为你一定会来的，在十四日那天就赶了回来。早知道这样，我就多服侍病人几天了。"

"谁病了？"

"师傅一到港口，就得肺炎了。我正巧在老家，接到电报后我就去侍候她了。"

"好了没有？"

"没好。"

"那真糟糕！"岛村像是对自己违约的致歉，又好像

---

1 稻草绳，日本风俗，过年时将其悬于门口，用以阻止邪神进入。

是对师傅的死表示懊悔。

"哦——"驹子急忙温顺地摇摇头,边用手帕抹桌子,边说,"虫子真多!"

从炕桌到榻榻米,全都落满了小小的羽蚁。几只小飞蛾围绕着电灯飞舞。

纱窗外面落了好几种飞蛾,星星点点的,浮现在澄澈的月光中。

"我的胃好痛,胃好痛!"驹子两手猛地插进衣带,趴伏在岛村的膝头上。

透过她的衣领,可见涂着厚厚水粉的脖颈,一群比蚊子还小的飞虫也纷纷飞落下来。也有一些眼看着就要死去,趴在那里不动弹的。

驹子的脖根比去年胖了,显得丰腴了些。岛村心想:她毕竟已经二十一岁了。

他膝头传来了一股温热的湿气。

"账房里有人嬉笑着对我说:阿驹,到山茶室去看看吧。真烦人。送阿姐上了火车,回来后打算美美地睡上一觉,可是说这边打来了电话。因为太疲乏,我都不想来了。昨晚酒喝多了。那是阿姐的欢送会啊。在账房尽情欢笑的原来是你呀。一年过去了,你是一年来一趟吗?"

"我也吃了那豆沙包哩!"

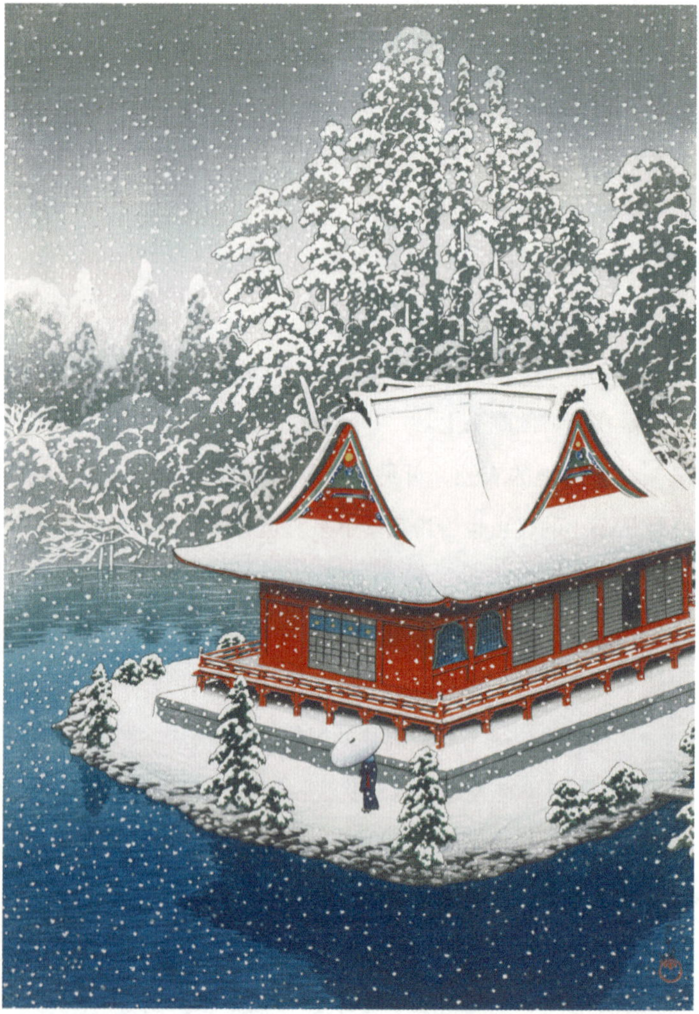

"啊？"驹子挺直身，她脸上只是压在岛村膝头上的那部分发红，神情倏然显现出孩子气来。

她说把那个中年艺伎一直送到下两站的镇上，才折返回来的。

"真没意思啊。以前不管遇到什么事都能马上意见一致，可后来却渐渐成了个人主义，各顾各的了。这里也大变样喽！不合脾气的人越来越多了。菊勇姐一走，我可孤单了。因为以前任何事都是她做主啊。她的名气最大，没有在六百支香钱[1]以下的，所以在这里十分受宠。"

岛村问道："那个菊勇契约期满回老家后，是嫁人呢，还是继续在风尘中混下去？"

"阿姐也真可怜，以前嫁人失败了一次，才到这里来的。"驹子闭口不谈其后的演变。踌躇了一会儿，她眺望着月光中的梯田下方，说：

"那个山坡的半路上，有座新盖的房子吧！"

"是叫作菊村的小吃店吗？"

"哦。她本该去入住那家铺子的，可是阿姐她自己却把事情搞砸了，还闹得沸沸扬扬。让人家专为自己盖了房子，可到了就要进新房子时，她却一脚把人家给踹开了。

---

[1] 香钱，艺伎们陪酒的钟点以燃完一支香为单位来计算，并依此计费，故习惯上称为香钱。

她是另外有了相好的男人，打算与那个人结婚，结果却受骗了。一旦痴迷了，就会变成这个样子吗？说是因为被那个男的甩了，所以她现在不能与原来的男友重归于好，当然也不可能再去要那间铺子，而且她也不好意思在这里待下去，只好到其他地方挣钱去了。想起来就觉得她真可怜！我们也不太清楚她的事，只听说她交接的人什么样的都有。"

"男人啊，她有过五个吗？"

"有吧！"驹子莞尔一笑，可突然转脸说道，"阿姐也是个软弱的人呀！是个胆小鬼。"

"真没办法呀。"

"可不是吗？都说她惹人喜爱……"

她低垂着头，拿发簪挠了挠头皮。

"今天去送她时，心里可难受了。"

"对了，专为她建的铺子怎么处理了？"

"由家里的正妻来操持啦。"

"太太来操持，倒是挺有意思的。"

"可不是，开张的事也全都准备好了。不这样，也没有什么办法呀。他太太把孩子全都带过来住啦。"

"那家里怎么办呢？"

"听说只把老奶奶一个人留了下来。虽是庄稼人，但这位丈夫却喜好这一口呀。他是个很风趣的人。"

"是一个浪荡公子啊。年纪也相当大了吧？"

"他可年轻着呢，只有三十二三岁。"

"啊，这么说，情妇比太太的年龄还要大喽？"

"同岁，都是二十七。"

"菊村这招牌，本来是取菊勇的菊字吧！现在却由太太来做啊。"

"因为打出去的招牌，是不可能再改的吧。"

岛村拢紧衣服的领口时，驹子站了起来，一边关窗一边说道：

"阿姐对你的事也一清二楚，今天还对我说你已经来了。"

"我在账房看见她来辞行了。"

"有没有说什么？"

"不好说呀。"

"你了解我的心情吗？"驹子一下子拉开刚刚关上的纸窗，一屁股坐在窗沿上。过了一会儿，岛村说：

"星光与东京截然不同啊，好像悬在空中似的。"

"月夜时就不是这种样子了。今年的雪好大呀。"

"火车好像经常停开。"

"是啊，真可怕。公路比往年迟了一个月才通车，那是五月份哟！滑雪场里不是有商店吗，雪崩把那个店的二楼给穿透了。下面的人还不知道咋回事，只觉得声音古怪，以为是厨房里的老鼠闹动静，就去看了一下，没见什么异常，就上了二楼，一看呀，楼上全都是雪啊。木板套窗什么的，全都被雪卷走啦！虽然只是表层雪崩，可电台却大肆播放，吓得滑雪客都不敢来了。我今年不打算滑雪了，所以去年年底就把滑雪板也送人了。不过，我还是滑了两三次。我是不是与以前不一样了？"

"师傅过世了，你是如何过的？"

"别人的事，你就别管了。二月份我就准时来这里等你了。"

"都回到了港口，顺便写封信不好吗？"

"不好。那种寒碜的事，我不干。能让你太太看的信，我才不写呢！憋屈啊。我不会顾忌谁而撒谎的。"

驹子情绪激昂，像发连珠炮似的说道。岛村点了点头。

"你不要坐在虫堆里，把电灯关掉就好了。"

皓月朗朗，连女子耳朵的凹凸部分都照得光影清晰分明。那月光一直照射到房间深处，榻榻米泛起冷峭的青色。

驹子的嘴唇犹如美丽的水蛭环节一样润滑。

"啊，让我回去。"

"习惯依旧啊。"岛村仰起头，凑近凝视她中间稍凸的圆圆脸庞，好像有什么可笑之处似的。

"人家都说，我跟十七岁第一次到这里时相比一点都没变。生活方面嘛，那也是老样子哩。"

驹子的双颊至今仍浓厚地残留着北国少女的红润。月光照在她那带有艺伎风情的肌肤上，泛出贝壳般的光泽。

"可是，你知道我家里有了变化吗？"

"师傅死了，是吧？你已不再待在蚕宝宝的房间了吧？现在家里成为正式的寄宿房[1]了吧？"

"正式的寄宿房？是啊，在店里卖些糖果香烟。仍旧只有我一个人哪。这次是真正的雇工，所以夜里太晚的时候，便点蜡烛来看书。"

岛村抱肩大笑。

"这一家是用电表的，所以不好意思浪费电呀。"

"是嘛。"

"不过，这家人太照顾我啦！有时我还想哪有这样的雇工呀！小孩子哭了，老板娘都客气地把他背到外面去。我没有什么不满意的，只是床铺歪歪扭扭叫人不舒服。回

---

1 寄宿房，本书指艺伎的住宿处。

来迟了，他们都帮我把被褥铺好了。不是褥子和垫子铺得不重合，就是把被单铺歪了。我一看到那种情形，就感到窝心。怎么说呢，自己再重铺不太好吧！因为这是人家的一番情意呀！"

"你如果成了家，可够你劳累的。"

"大家都这么说呢。大概是天性吧！那家有四个小孩，弄得乱七八糟，真够呛！我整天跟在后面收拾。明知道收拾好了，孩子还会乱丢，但我还要再去整理，不然总觉得是个心病。在处境允许的范围内，我仍想整洁地过日子啊。"

"那也是的。"

"你明白我的心情吗？"

"明白呀。"

"既然明白，你说说看。喂，说说看。"驹子突然以百感交集的语调冲着他抬起杠来，"你说说看呀，说不出来了吧！光会说谎。你过着花天酒地的生活，是个逢场作戏的人哪！你是不会明白我的心情的。"

接着，她低下嗓门说：

"我真可悲呀，我是傻瓜。你明天就回去吧。"

"像你这样逼问，叫人家怎么能说明白？"

"有什么不能说的呢？你就是这点不好。"

驹子仍显困惑,话音哽住了。她默默闭上眼睛,暗忖:岛村是会理解我驹子的吧!于是,她又露出一副通晓事理的神情,说:

"请你一年来一次可以吧。我在这里的时候,请你一年一定要来一次。"

她说她的合约是四年。

"回老家去时,做梦也想不到会再出来做生意,连滑雪板都送给了人家才回去的啊。说起做成的事嘛,只是戒了香烟。"

"是啊是啊,你以前抽得很厉害呢。"

"说得也是。在宴会上客人给我的,我就偷偷放进袖子里,有时回去能抖出好多支呢。"

"可是,四年够长的了。"

"会很快过去的嘛。"

"你的身子好温暖。"待驹子走近时,岛村把她抱了起来。

"我生来身子就是暖性的。"

"这里早晚都已经很冷了吧?"

"我来这里都五年了。刚来时心里发慌,心想,在这种地方能住下去吗?在火车通车以前,这里真荒凉呀!从你第一次来这里时起,也已经三年啦。"

不到三年就来了三次，每次来岛村都思忖着驹子的境遇变迁。

突然有好几只纺织娘鸣叫起来。

"讨厌。"驹子从他的膝头下来，站起身。

北风刮来，铁丝纱窗上的蛾子一齐飞起。

尽管岛村早已知道她那像是半睁着的黑眼珠，是闭合了的浓密的睫毛，不过他仍旧凑近了盯着看。

"戒烟后人发胖啦。"

她腹部的脂肪变厚了。

这么看来，每次分离时难于捉摸的情愫，也忽然返还成了亲密之情。

驹子把手掌轻轻挪向胸前，说：

"有一边变大了。"

"傻瓜，是那个人的癖好，只抚摸一边哪。"

"啊，讨厌！没有的事，你这人，讨厌。"驹子态度急变。岛村想了起来，是这个样子的。

"今后你要跟他说，两边要平均。"

"平均？你说平均？"驹子温柔地把脸凑上去。

这个房间虽在二楼，但癞蛤蟆却围着房子转着叫。不止一只，好像有两三只在爬动。鸣叫了好久。

从室内浴池上来后，驹子即以心平气和的沉静音调，又开始叙说起自己的身世。

她连在这里初次接受体检时的经历都说出来了：一开始还以为跟雏伎时一样，只脱掉上半身衣服，结果被大家取笑一番，随后她大哭一场……所有的往事她都说了。她还直截了当地回答了岛村的询问。

"我的那个确实准，每月肯定提前两天。"

"可是，那个来时去赴宴不是不方便吗？"

"哦，这些你都懂？"

每天都在以水温煦暖而闻名的温泉中泡泡身子，而且在旧温泉和新温泉两处陪酒得跑一里路，再加上山居生活很少熬夜，所以她健壮结实，但仍属常见于艺伎的细腰型。她身架横向窄，纵向厚。尽管如此，这个女子仍能把岛村从遥远的地方吸引来，是源于她那深沉的哀愁。

"像我这样的生不出孩子吗？"驹子一本正经地问。她又说专与一人相好的话，不就与夫妻相同了吗？

岛村这才知晓驹子有一个这种男人。她说从十七岁开始，已跟他持续五年了。岛村以前对驹子的无知和毫无戒心感到大惑不解，至此才明白了个中缘由。

驹子说，她当雏伎时为她赎身的人死后，她就回到港口马上跟了那个男人，但是从开始到今天，她一直讨厌那个人，永远也不会情投意合的。

"能持续五年之久，不是位优秀男子吗？"

"有过两次可以分手的机会呢！一次是到这里做艺伎时，另一次是从师傅家转到现在这个家来时。然而，我的意志太薄弱了，实在是意志薄弱啊！"

她说，那个人还在港口。因为他觉得把她安顿在那个镇上不合适，所以在师傅到这个村子来时，就顺便把她托付给师傅了。又说，尽管他是个亲切的人，但自己却从来没想过要以身相许，觉得很悲哀。因为年龄差距大，所以他是难得到这里来的。

"怎样才能断绝关系呢，我常常想：干脆堕落下去算了。我真是这样想的。"

"堕落不好。"

"其实我也不会堕落的。依然是生性不允许啊。我对自己活生生的身子是很爱护的。要是想做的话，四年的期限可以缩短为两年，但我不勉强自己。因为身体要紧哟。如果勉强去做，香钱也许能挣得相当多吧。反正订了四年的合约，所以只要不让老板受损就行。本金每月应该付多少，利息多少，税金多少，再加上自己的伙食补贴，合起来一算就清清楚楚。我不会勉强自己再超额多干的。遇到非常麻烦的宴会，我厌烦的话就迅速了事回家。不是老客户指名叫的，旅店也不会深夜打电话给我。若想过得奢侈，

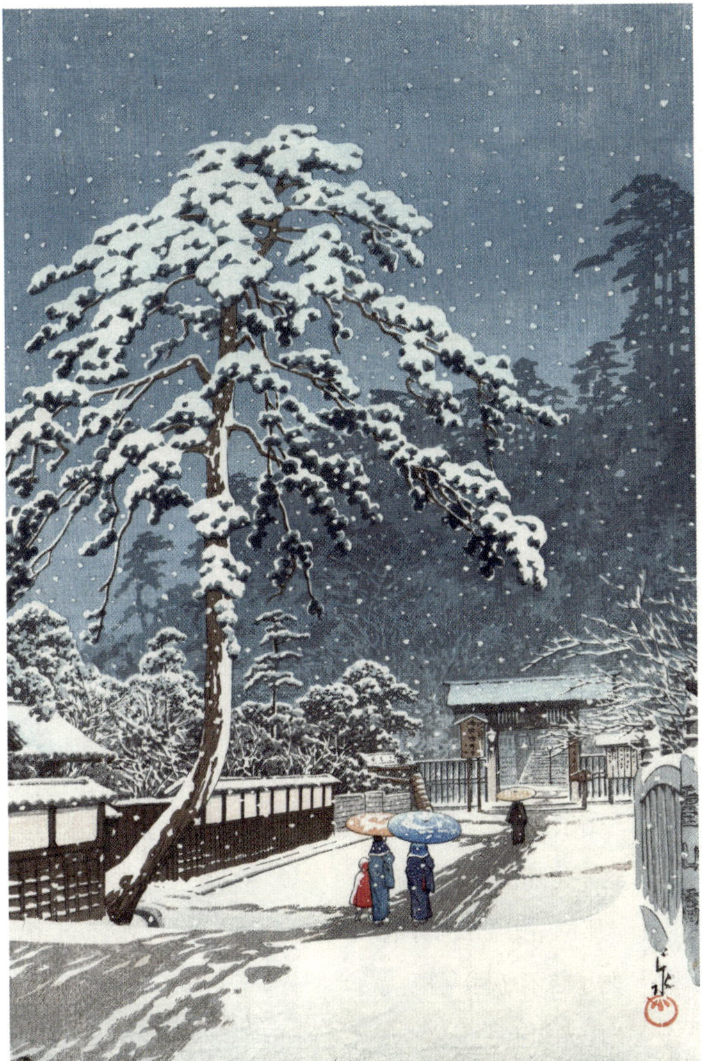

那是怎么赚也赚不够的。量力而行，够用就好。还不到一年，本金我已经还得过半啦。尽管如此，像零钱什么的，一个月还是需要三十元的。"

她说，一个月只要挣一百元便可以了。上个月，收入最少的人也拿了三百支香，换算起来是六十元。驹子赶场最多，赴了九十几场宴会，因为一场宴会艺伎本人可领得一支香钱，所以雇主会亏损，但利钱很快就会赚回来的。在这个温泉浴场，还没有人因增加借款而延长合约期限的。

次日清晨，驹子依旧早早醒了。

"我正梦见与插花师傅同在这里打扫房间，就醒过来了。"

挪到窗边的梳妆台，镜子中映出枫叶红遍的山峦。秋阳在镜中也明光锃亮。

糖果店里的女孩子把驹子的替换衣服送来了。

"驹子姐姐。"从纸拉门后传来了近乎悲凉的清澈声音，这不是那位叶子的声音。

"那位姑娘怎么样了？"

驹子瞥了岛村一眼，说：

"她光知道去上坟。滑雪场的下面，你瞧，有块荞麦地吧，地里还开着白花。那块地的左边不是有座坟墓吗？"

驹子回去之后,岛村也到村中散步去了。

在屋檐下的白墙旁边,一个穿着崭新的红色法兰绒雪裤的女孩子在拍着皮球。确实是秋意浓重了。

这里有很多古色古香的建筑物,相传是领主出巡时期建造的。房檐幽深。楼上的纸拉窗仅一尺高,呈细长形。檐端悬挂着茅草帘子。

土坡上有一道种着丝芒的篱笆。丝芒盛开着淡黄色的花儿。纤细的叶儿在每一株草茎上铺展,呈现出美丽喷泉般的形态。

叶子在向阳的路边铺上草席,正在拍打红豆荚。

红豆像小粒的光点,从干透的豆荚中跳出来。

大概是因为头上包着手巾,叶子没有看到岛村。她叉开穿着雪裤的双膝,一边敲打着豆荚,一边用那种近乎悲凉的清澈且如回声一般的声音唱着歌。

蝴蝶起舞,蜻蜓群飞,蝈蝈
在山间鸣唪
还有金琵琶、金钟儿、纺织娘

还有这么一首歌谣:忽然飞离了杉树,晚风中的乌鸦个头大……

从这个窗口俯瞰到的杉树林前，今天仍有成群的蜻蜓在流飞。随着黄昏的临近，它们仿佛慌忙加快了流飞速度。

岛村出发前，在车站的商店里找到了一本这一带的新版山景指南，便把它买下带来了。他随意翻阅，竟发现书上如此介绍：从这个房间望去，是尽收眼底的县境群山，在其中一座的山顶附近，有条穿过美丽池沼的小路，这一带的湿地上，各种各样的高山植物百花烂漫。到了夏天，红蜻蜓自由竞翔，有时甚至会落在帽子上、人的手和眼镜框上，真乃优哉游哉，与被人类虐待惯了的都市蜻蜓，实有云泥之别。

然而，眼前的这群蜻蜓，仿佛是被什么东西追到绝境似的；又宛如是在夜幕尚未低垂时，因自己的身姿将被杉树林阴沉黑暗的色彩吞噬而焦虑。

远山在夕阳的照射下，可以清晰地看出从山峰开始染红的枫叶。

"人呀，是很脆弱的吧。听说那人从头到身子骨，全都摔得不成样子了。听说熊什么的，就是从更高的山崖上摔下来，身子也不会受一点伤。"岛村想起今天早上驹子说的话。当时她一边指着那座山，一边说又有人在山岩那边遇难了。

倘若人长着像熊一样又硬又厚的毛皮，人类的官能肯定与现在大不相同。人类总是相互倾慕着柔嫩光滑的皮肤。伴随着这番思绪，眺望着夕阳下的山峦，岛村不禁感伤地倾慕起人的肌肤来。

"蝴蝶起舞，蜻蜓群飞，蝈蝈……"一个艺伎在提前吃晚餐时，笨拙地弹着三弦，唱着这首歌。

山景指南上仅简单地写着路径、日程、旅店、费用等，这反倒使人能自由遐想。岛村当初认识驹子，也是在穿行于残雪犹存、新绿萌发的山间，下山来到这个温泉村的时候。这样一来，眺望着还残留着自己足迹的山野，而现在又是秋天登山的季节，他的心已被大山吸引去了。对于赋闲度日的他来说，尽管无所事事，却不辞劳苦翻山越岭，实可认为是徒劳之楷模，但正因如此，亦有非现实的魅力寓于其中。

一旦远离，就频频产生对驹子的种种情思，可一旦接近起来，也许是因为不由自主地放下了心，也许是因为已经与她的肉体相亲过密，竟感到对人肌肤的恋慕思绪和山峦的诱惑思绪，犹如同一梦幻。这可能是驹子昨晚在这里过夜，才刚刚回去的缘故吧。可是，一旦在静寂中独坐，又在心中期盼着驹子不邀而至。但在那些远足的女学生充满朝气的嬉闹声中，他昏昏欲睡，便提早就寝了。

不一会儿，似乎下起了秋冬之交常有的阵雨。

第二天早上一睁开眼，就见驹子已经端坐在桌前看书。她穿的和服外褂，也是日常的平纹粗绸便衣。

"醒了？"她悄悄地问道，朝岛村看了看。

"怎么回事？"

"醒了吗？"

岛村怀疑她是在自己不觉间来住下的，便环顾一下自己的睡铺，拿起枕边的钟表，发现才六点半。

"还早着哪。"

"可是，女侍已经来生过火了。"

铁壶冒出晨雾似的水蒸气。

"起来吧。"驹子站起来，坐到了他的枕边。那神态俨然是个家庭主妇。岛村伸了伸懒腰，顺势抓住女人放在膝上的手，一边抠捏着她小手指上弹琴磨出的老茧，一边说：

"还发困呢，天不是才刚亮吗？"

"一个人睡得可好？"

"嗯。"

"你还是没有把胡子留起来？"

"是呀是呀，上次临走时，你曾说过这事的，让我把胡子留起来。"

"反正你会忘掉的,这样也好。把脸刮得干干净净,铁青铁青的。"

"你呢,一洗掉脂粉,不也是像刚刮过脸一样吗?"

"你的脸庞好像又胖了呀。脸色白白的,睡着的时候一看没有胡子,总觉得怪怪的!圆溜溜的。"

"柔和点好吧!"

"显得不可靠哟!"

"真讨厌,你是不是一直盯着我看?"

"是啊。"驹子不觉莞尔,点了点头,接着像突然着火似的由刚才的微笑转为大笑,那力量不知不觉地竟然传到了握住他手指的手上。

"我刚才躲在壁柜中的呀!女侍一点都没有觉察。"

"什么时候,什么时候躲进去的?"

"不是刚刚吗?女侍拿火头进来的时候呀。"

她想起了刚才的情形,又大笑不已,没想到笑得连耳根都发红了。她好像要遮掩过去,就拽起被角,一边扇着一边说:

"起来呀,你快起来嘛。"

"冷呀。"岛村搂紧被子,说道,"旅店里的人已经起来了吗?"

"不知道,我是从后面上来的。"

"从后面？"

"从杉树林那边爬上来的啊。"

"有那么条路？"

"路倒没有，可是近呀。"

岛村惊愕地望着驹子。

"谁也不知道我来呀！厨房里虽有声音，但大门还是关着的呢。"

"你又是一大早起来的呀。"

"昨晚睡不着啊。"

"昨晚下了场阵雨，你知道吗？"

"是吗？怪不得那边的大叶竹里湿湿的。我回去啦。你再补一觉，睡吧。"

"我这就起来了！"岛村仍旧握着她的手，精神抖擞地从被窝里钻了出来。他就这样走到窗边，俯视驹子说她刚刚爬上来的那地方，但见茂密的灌木丛边上，疯长着一大片大叶竹丛。那是与杉树林接连的半山腰，窗户下面的田地里，种有萝卜、番薯、葱、芋头等。虽是普通的蔬菜，但沐浴在早晨的阳光里，叶片的颜色各不相同，令人觉得好像是第一次看到似的。

掌柜的正从通往浴池的走廊，向池中的红鲤鱼抛撒饲料。

"大概是天气变冷，鱼儿不大吃食了。"掌柜的一面对岛村说，一面凝望着漂浮在水面的鱼饵料，那是将蚕蛹烘干后碾碎做成的。

驹子清雅地坐在那里，对刚从浴池上来的岛村说：

"这么安静的地方，做针线活多好。"

房间刚刚打扫过，秋天的晨曦一直照射到房间深处稍旧的榻榻米上。

"你也会做针线活？"

"不好意思呀。我是姐妹中最辛苦的了。现在回想起来，在我成长的时候，大概正是我们家最困难的时候吧。"驹子像自言自语似的，可突然又激动地说，"刚才女侍表情怪异，说驹子是什么时候过来的呢。我又不能三番五次地躲进壁柜里去，不好办哪。我该回去啦。忙死啦。我睡不着觉，所以想洗洗头。如果清晨不及早洗头，要等到头发干了才能去梳理师那里做发型，那就赶不上中午的宴会啦。这里虽然也有宴会，却是昨天夜里才来通知我的。那是在我答应了别处之后，所以就不能来了。今天是星期六，所以特别忙啊，不能过来玩啦。"

驹子虽然如是说，却没有起身的迹象。

她索性不洗头了，邀岛村来到后院。刚才她就是从那里偷偷爬上来的吗？游廊下面放着驹子的湿木屐和袜子。

她先前攀爬上来的那个地方是大叶竹丛，看来是没法走过去的，所以他们沿着田边向水流声那边走去。河岸边是很深的悬崖，栗子树上传来孩童的话音。脚下的草丛中，也落下了好几颗毛栗子。驹子用木屐碾踩栗子壳，剥出了栗子。果实全都是小粒的。

对岸陡峭的山腰间，长满了恣意怒放的茅草穗，摇曳着炫目的银光。虽说是炫目的色彩，却宛如纷飞于秋空中的透明幻影。

"到那边去看看吧，有你未婚夫的坟墓呢。"

驹子倏地蹬脚站起来，瞪着岛村，将一把栗子猛然向他脸上掷去。

"叫你嘲弄我！"

岛村猝不及防，额头上被砸出声来，很痛。

"你凭什么要去看坟墓？"

"干吗呀，你竟然动这么大火？"

"你说的那个，对我来说可不是儿戏！我可不像你这么玩世不恭。"

"谁玩世不恭？"他有气无力地说。

"那么，为什么你要说未婚夫呢？他不是我的未婚夫，上次不是清清楚楚告诉过你了吗？忘了吗？"

岛村当然没有忘记。

"师傅也许有过想让她儿子跟我成婚的意思。那也不过是在心里这么想，嘴上可从来没有说过。不过，她的儿子也好，我也好，对师傅的心思都只是略有所知。可是，我们两个人之间并没有任何那种交往，一直都是各人过着各人的生活呀。我被卖到东京去时，只有他一个人去送我。"

岛村记得驹子曾对他这样说过。

纵然那个人生命垂危，而她却在岛村那儿过夜。她好像要委身于岛村似的说："我是随着自己的兴致做事，快死的人怎么能阻止我呢？"

更有甚者，当驹子正要送岛村进入车站时，叶子赶上前来，说病人的状况变坏了，但驹子不管这些，断然不回去，所以临死时似乎也没见上一面。因此，那个叫作行男的人，越发留存在岛村的心中。

驹子总是有意避开关于行男的话题。纵使不是未婚夫妻，但为了筹措他的疗养费用，不惜在这里做了艺伎，这的确是件"不是儿戏"的事吧！

被栗子砸了头，岛村也没露出生气的神情，倒使驹子顿时诧异起来。她突然像瘫倒下来似的搂住了岛村。

"啊，你是个温顺的人。是不是有什么伤心事？"

"树上的孩子们在看着呢。"

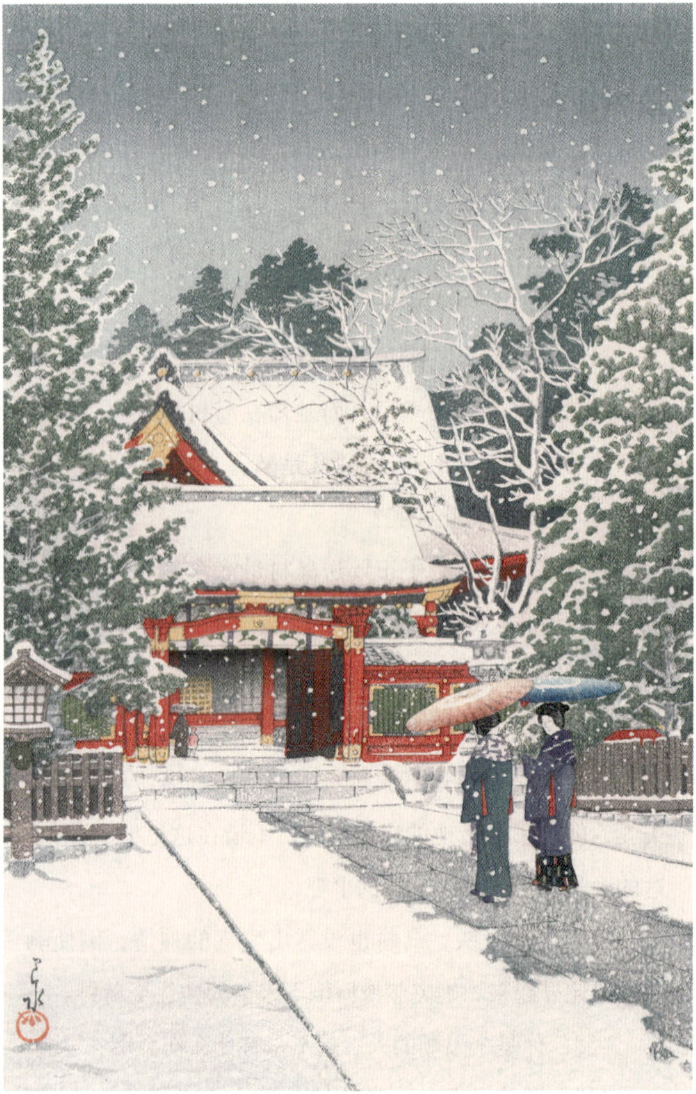

"真搞不懂，东京的人太复杂了。是周围太吵闹了，所以心神不定？"

"一切不都是不定的吗？"

"当今连生命都是不定的。看坟墓去吧。"

"是啊，去吧。"

"你看你，你不是一点儿也不想去看墓地的吗？"

"是你自己顾忌这些的呀。"

"我从来没上过坟，自然会顾忌。真的，一次也没有来过。现在，师傅也一起埋在这里了，所以觉得对不起师傅。但是，挨到现在更不想上坟了。这种事真令人扫兴。"

"你才复杂呢。"

"为什么？他们活着的时候，我不能清清楚楚表达我的想法，所以至少对去世的人得挑明吧。"

他们穿过杉树林，林中的寂静仿佛凝成了冰冷的水滴，眼看着就要坠落下来。从滑雪场的下方沿着铁路线前行，便到墓地了。在田埂稍高的一角，仅竖立着地藏菩萨和十来座旧石碑。坟前贫寒光秃，没有供花。

然而，从地藏菩萨后面的矮树荫里，突然露出了叶子的上半身。她也倏忽摆出犹如假面具一般的严肃表情，火辣辣的眼睛刺人般地看了看这边。她向岛村颔首致意后，就那样站着不动了。

"叶子好早呀。我要去做头发……"驹子说到一半，突然刮起一阵疾风，像是要把人卷走似的。她和岛村都紧缩着身子。

一列货车从他们身边驰过。

"姐——姐——！"这呼唤声穿过那粗暴的声浪流传过来。一个小伙子从黑色货车的门边挥动着帽子。

"佐一郎，佐一郎！"叶子呼喊道。

在冰天雪地的信号站前呼喊站长的，就是那个声音。那声音仿佛是在呼唤远方船上听不到喊声的人儿，悲怆凄美。

货车一驶过，宛如取下了遮眼布，铁轨对面的荞麦花鲜明地呈现在眼前。花儿盛开在红色的麦秆上，恬静极了。

意外地碰上了叶子，因而他们俩连火车到来也几乎没注意到，可那无以言表的境遇，全被货车吹拂而去。

而后，叶子呼声的余韵似乎仍有残留，比车轮的回声还要长久，宛如纯洁爱情的回响。

叶子目送着火车，说：

"弟弟在这车上，我可以到车站去看看吧。"

"可火车不会停在车站等你啊。"驹子笑道。

"是呀。"

"我嘛，可不是来为行男扫墓的呀。"

叶子点点头，踌躇片刻，便在坟前蹲下来，双手合十。

驹子依旧伫立在那里。

岛村的眼光瞥向地藏菩萨。地藏菩萨有三面长脸，除了在胸前合十的一对臂膀，左右还各有两只手。

"我要去做头发了。"驹子对叶子说罢，便顺着田埂朝村子方向走去。

岛村他们走过的路边，农民正在做着当地土话叫"哈苔"的活儿。那是在树干与树干之间，像搭晾衣竿似的把竹竿、木棍连成好几节，然后将稻子挂在上面晾晒干，看上去就像搭建起高高的稻子屏风。

村姑轻轻扭动穿着雪裤的腰肢，把稻捆抛上去，登上高处的汉子麻利地接过来，捋一把再抖开，然后挂在竿子上。那种娴熟的机械性动作有条不紊地重复着。

驹子把"哈苔"垂下的稻穗托在手掌上，像估测贵重物品重量似的一边掂晃，一边说："稻粒饱满，这稻子摸一下都开心啊！比起去年来真是强多喽！"她眯起眼来享受着稻穗的触感。成群的麻雀在这"哈苔"上面低低地飞来飞去。

一张旧的招贴仍残留在路边的墙壁上："插秧工薪金协议。一天工资九角，供伙食。女工打六折。"

叶子家也有"哈苔"。她的家建在比公路稍低的旱田深处，那高高的"哈苔"搭在庭院的左边，即在沿着隔壁人家的白墙栽种的一行柿子树上。此外，在旱田和庭院的交界处，也就是与柿子树上的"哈苔"形成直角的地方仍有"哈苔"。它的一端有个入口，人们可以从那些稻子下面钻进去。整个"哈苔"仿佛是用还未编成草席的稻棵子搭建的草棚。旱田里，在凋谢的大丽花和蔷薇前面，芋头正铺展着茁壮翘挺的绿叶。养着红鲤鱼的荷花池在"哈苔"的背面，所以看不见。

去年驹子住过的蚕室的窗户也被遮挡住了。

叶子气哼哼似的低下头，从稻穗的入口回去了。

"这个家是她一个人住吗？"岛村目送着她那腰身稍微前弓的背影说。

"不会那样吧。"驹子生硬地说，"啊，烦死了。我不去做头发了。都是你多事，打扰了她上坟。"

"是你固执己见，说不想在墓地见她的吧。"

"你不明白我的心情呀。等一会儿有空再去做头发。也许会迟些才去你那儿，但一定会去的。"

随后，到了深夜三点钟。

岛村被像是撞开纸拉门的声响惊醒了，驹子啪的一声趴倒在他的胸口上。

"我说要过来的,来了吧。嗯,我说来就来了吧。"她喘着粗气,连腹部都在剧烈地起伏。

"醉得这么厉害。"

"呃,我说过来就来了吧。"

"啊,是来了嘛。"

"来这里的路,什么也看不见。漆黑一片。啊,好难受。"

"这个样子,亏你还能爬上坡。"

"不知道,什么也不记得了。"驹子用力后仰滚转过来,所以岛村被她压得很难受,想站起来,可他是突然惊醒,摇晃几下又倒下来,他的头不知搁在什么滚烫的东西上,令他十分吃惊。

"这不像一团火吗?你这傻瓜。"

"是吗?这是火枕,会烫伤的呀。"

"真是的。"一闭上眼睛,那股热流就沁入了他的头颅,岛村直接感受到的是自己还活着。随着驹子急促的呼吸,传来了现实的存在。那近似于使人眷恋的悔恨,又宛如只是安宁地等待某种复仇的心。

"我说来就来了吧。"驹子只顾重复着这句话,接着又说,"我已来过了,所以,要回去。要去洗头发的。"

随后,她爬起来,咕噜咕噜地大口喝水。

"这个样子是不能回去的呀。"

"要回去。我有同伴呀。洗浴用具,跑哪里去了?"

岛村站起来一开电灯,驹子就双手遮住脸,俯趴在榻榻米上。

"讨厌。"

她那圆短袖式的华丽薄毛呢夹衣上,披着黑领睡衣,又系了一条窄腰带。因此,看不到内衣的领子,但醉红一直延伸到她赤足的边缘,她像是要躲藏起来似的把身体缩成一团,看起来怪可爱的。

看来是把洗浴用具扔过来的,肥皂、梳子散落在地上。

"剪掉吧,我带剪刀来的。"

"剪什么?"

"剪这个。"驹子的手伸向发髻后面。

"在家里想把头绳剪开的,可是手不听使唤啦!就想来这里请你剪。"

岛村把女子的头发拨开,剪断了头绳。每剪开一处,驹子便把假发抖掉,其间她也稍微沉静下来,问道:

"现在大概几点了?"

"已经三点啦。"

"啊,那么快?真头发可不要剪掉呀。"

"扎得相当多呀。"

他攥住的假发根上，还闷着暖烘烘的热气。

"已经三点了吗？大概从宴会上回来就躺倒睡着了。她们与朋友约好了，所以才来邀我。她们还以为我上哪儿去了呢。"

"还在等着你吗？"

"是的，她们还在公共浴池里呢，三个人。今天有六场宴会，但只赶了四场。下星期枫叶红了，又要忙了。谢谢啦。"她一边梳着解开了的头发，一边仰起脸来，浮出迷人的微笑，继续说：

"不管那些了。嘻嘻嘻，好可笑。"

然后，她无奈地捡起了假发。

"太对不起朋友了，我走啦。回来时就不再来了哦。"

"能看见路吗？"

"能看见。"

然而，她的脚却踩在了衣服下摆上，打了个趔趄。

一想到清晨六点和深夜三点，驹子一天竟两次在异常的时间偷空前来，岛村便感到这绝非寻常。

像正月插松枝一样，旅店的掌柜们把红叶插在门口装饰起来。这是欢迎赏枫客的表示方式。

临时雇用的掌柜正以盛气凌人的口气指挥着，他自嘲似的说自己是只候鸟。有些人从嫩绿吐翠到红叶尽染，都在这一带山区的温泉打工，冬天则去热海或长冈等伊豆地区的温泉浴场挣钱，他就是这类人中的一个。每年未必在同一家旅店打工。他常炫耀在伊豆繁华的温泉浴场的经历，背后净说这一带旅店待客方面的坏话。他那搓着手死缠烂打般拉客的样子，却显出一副虚情假意的乞丐相。

"先生，您知道通草果吗？如果喜欢吃，我这就去拿来。"他对散步回来的岛村这样说着，同时把那种果子连藤拴在了红叶的枝条上。

枫树枝大概是从山上采伐来的，高及檐端，每一枚叶片都大得出奇，那色彩鲜艳的火红霎时把大门口衬托得亮亮堂堂。

岛村握着冰凉的通草果看了一眼，无意中瞅见账房里叶子正坐在炉边。

老板娘正在守着铜壶烫酒。叶子就坐在老板娘对面，每当问她话时，她都干脆地点着头。她没穿雪裤，也没穿和服外褂，只穿着刚拆洗过的丝绸和服。

"是来帮忙的吗？"岛村漫不经心地问掌柜。

"是呀，多亏了她，因为现在人手不够呀。"

"跟你一样嘛。"

"对呀，但她是村里的姑娘，这一点大不相同呀。"

看来叶子是在厨房干活的,所以从来不去宴会上陪酒。客人一多,厨房里女侍的声音也跟着提高,但没有听到叶子那美妙的声音。据负责岛村房间的女侍说,叶子会在睡前入浴,并且有在浴池里唱歌的习惯,但他从没听到过。

不知道什么缘故,一想起叶子也在这里,岛村就觉得叫驹子过来有点别扭。驹子虽对他表示了爱意,但他自己却有一种空虚感,常把这种爱意作为美丽的徒劳,但是,他反而随之感到驹子欲求延存的鲜活生命,犹如赤裸的肌肤触碰过来。他可怜驹子,同时也可怜自己。岛村觉得叶子那看似无心的双眸好像放射出洞察秋毫的光芒,因而也被她所吸引。

岛村即使不唤驹子,她当然也会常常来的。

岛村去溪流深处看红叶,曾在途中路过驹子家门前。那个时候,她听到了汽车的声音,当即断定乘客准是岛村而跑出门来,可他竟然连头也不回,把她气得几乎都说他是薄情郎了。所以,只要旅店唤她过去,她没有一次不去岛村房间的。去浴池时,也顺便来一趟。如果有宴会,她便提前一个钟头来,一直在他那里玩到女侍来叫才肯离开。宴会中她也常偷偷溜开,到他那里对着镜子修容整妆。

"就要去干活了,要去赚钱哪。去啦,做生意,生意。"说罢,她便起身走了。

琴拨子盒啦,和服外褂啦,凡是带来的东西,她都想放在他的房间后再回去。

"昨晚回去,水没有烧开,便在厨房里嘎吱嘎吱折腾半天,才将早上剩的大酱汤浇在米饭上,就着腌梅子吃下。凉冰冰的。今天早上在家没有人叫早,醒来时已十点半,原想七点钟起床的,却偏偏没起来。"

她把这些琐事,以及从什么旅店转到什么旅店、宴会上的情形等,都事无巨细地向他报告。

"还会再来哟!"她喝完水站起身来,又说,"也许不再来了,三十位客人的宴会厅只叫了三个人,忙得抽不开身呢!"

然而,过了一会儿她又来了。

"好累,三十位客人,却只有三个人陪。她们俩一个是最年老的,另一个是最年幼的,所以我可惨了。那些客人都是小气鬼,肯定是什么团体旅行。三十个人,至少要有六个人陪呀。我要喝酒吓吓他们去。"

每天如此度日,会发展成什么样子呢,就连驹子也似乎想把身心全都隐藏起来,但她若有若无的孤独情致,反而增添了她的妩媚娇态。

"走廊上会发出声响,真不好意思。即使蹑手蹑脚走

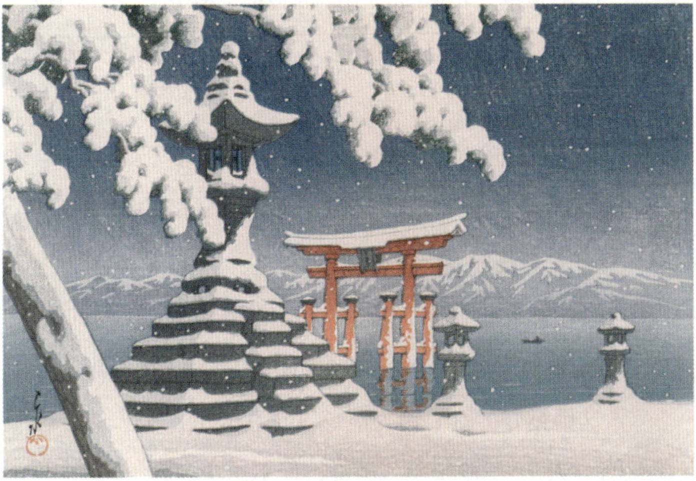

也会被人发觉。若从厨房旁边过,人家也会取笑我说:阿驹,到山茶间去吗?自己真没想到要顾忌这么多。"

"这地方太小了,所以不好办啊。"

"现在大家都知道啦。"

"那可不好。"

"可不是嘛。稍微有点不好的传闻,在这巴掌大的地方就混不下去了。"此话刚落音,她又马上抬起头,微笑着说:

"哦,管他呢!我们到任何地方都能有活干的。"

她那充满质朴真情的腔调,对光靠父母的财产度日的岛村来说,是颇令人意外的。

"真的呀!在哪里干活都一样。没有什么想不开的。"

虽是泰然自若的口气,岛村却听到了女子的心声。

"这倒挺好的呀。因为能够真正喜爱上一个人的,已经只有女人了。"驹子脸色微红,低下了头。

透过敞开着的后衣领,可见她的肩背宛若打开了的白折扇。那浓施脂粉的皮肉,隆起得令人不觉生出伤感,看似毛织品,又貌似动物。

"在当今的世上——"岛村喃喃说道,可马上又对这句话的虚情假意感到不寒而栗。

但驹子却单纯地说:

"什么时代都一样。"

她仰起头,茫然地又加上一句:

"你不知道这个?"

她那吸附在背上的贴身红衬衣看不见了。

岛村正在翻译瓦勒里[1]和阿兰[2]以及俄国舞蹈辉煌时期法国文人的舞蹈论。他打算印制少量豪华本自费出版。可以说这些书对当今的日本舞蹈界似乎难起什么作用,但这样反而会使岛村心安理得。依自己的工作嘲笑自己,是一种矫情的快乐吧!或许由此衍生出了他那悲哀的梦幻世界。他根本就毫无必要急于外出旅游。

他细致入微地观察了昆虫等痛苦挣扎而死的情景。

随着秋凉,他房间的榻榻米上每天都有死掉的虫子。翅膀坚硬的虫子,一翻过身子就再也翻不过来了。蜂儿是稍微走走就跌倒,起来再走便一倒不起了。本以为那是如同季节更迭一样自然的死去,是安静的死,但挨近一看,才发现它们都颤抖着腿脚和触角,痛苦地挣扎着。作为那些小虫的死亡之地,八张榻榻米好像太过广阔了。

岛村想把那些虫骸扔掉,有时也会在捏起它们的时

---

[1] 保罗·瓦勒里(1871—1945),法国诗人、评论家、思想家。兴趣十分广泛,哲学、艺术、教育、政治、物理学、数学都是他研究的对象。
[2] 阿兰(1868—1951),法国哲学家、伦理学家。虽无舞蹈方面的专论,但著作中常提及舞蹈。

候，不由得想起留在家中的孩子们。

也有这样的飞蛾，本以为它一直停落在窗子的纱网上，可它已经死了，它会像枯叶一样飘零而去。还有从墙壁上掉落下来的。岛村拿在手上观看时，便暗忖为何它们长得如此美呢！

那些防虫纱网也已拆走，虫鸣明显沉寂了许多。

县境群山上的红褐色更浓了，在夕阳的照耀下，犹如冷峭的矿石发出沉暗的光泽。正是旅店接待观赏红叶游客的高峰期。

"今天也许不能过来啦。因为是当地人的宴会。"那天晚上驹子来岛村房间打过招呼就离开了。不久大宴会厅便响起了大鼓声，还传来了女人的尖叫声。在那阵喧闹的高潮中，从意想不到的近处传来了澄澈的声音。

"对不起，房间有人吗？"叶子叫道，"这个是阿驹要我送来的。"

叶子就那么站着，像邮差似的伸出手来，慌忙跪下。当岛村把折叠起来的字条展开来时，叶子已经不在了。连跟她说话的机会也没有。

这张口取纸上只歪歪扭扭地写着："现在很热闹，正喝酒。"

然而还不过十分钟，驹子就伴着凌乱的脚步声进来说：

"刚才她有没有送来什么?"

"来过啦。"

"啊?"她兴奋地眯起一只眼睛说,"嚄,痛快。我借口说去要酒,就偷偷地溜了出来。结果被掌柜的看到,挨了骂。酒真好,即使挨骂也不在乎走出脚步声。啊,真烦人哪!一来到这里,就马上有醉意。马上还要干活去。"

"你连指尖都是好气色哦。"

"唉!做生意嘛。她说什么来着?你可知道,她是个嫉妒心很强的人,怪吓人的。"

"谁?"

"会被杀掉的呀。"

"那姑娘也在帮忙吗?"

"她送酒壶来的时候,站在走廊的阴影里一直往里瞅着哩!两眼光闪光闪的。你喜欢那种眼睛吧?"

"她认为那情景太低俗,才看的哟。"

"所以我写个字条让她送来。好渴,给我点水吧。是谁低俗呢?女人若不哄到手看看,是弄不明白的。我醉了吧?"她像要摔倒似的,抓住梳妆台的两端照了会儿镜子,便拽正衣服下摆走出门去。

不一会儿,宴会似乎结束了,周遭顿时沉寂下来,远处不时传来盆碗碰撞的声响。岛村心想驹子一定被客人带到别的旅店，侍候第二场宴会去了。就在这时，叶子又拿着驹子折好的字条来了。那上面写着：

"不去山风馆了，现在要去梅花间，回来时顺道去你那里，晚安。"

岛村有点害羞似的苦笑着说：

"谢谢！你是来帮忙的吗？"

"嗯。"叶子在点头的一刹那，用那美丽的双眸，犀利地瞥了岛村一眼。岛村不由得露出了狼狈相。

以往每次见到她，总会留下令人感动的印象，但当她这样若无其事地坐在面前时，他却感到莫名的不安。她那过分认真的样子，看起来宛若正处在异常事件的中心。

"你好像很忙呀？"

"嗯。不过，我什么都不会做。"

"我碰见你好多次啦。第一次是在你回乡的火车里，你在照顾那个人，还向站长拜托你弟弟的事，记不记得？"

"嗯。"

"听说你睡觉前会在浴池里唱歌？"

"啊，不成体统，不好意思！"她的声音优美动人。

"总觉得你的事我全知道。"

"是吗，你听阿驹说的吧？"

"她没有说。而且她好像不愿提你的事。"

"是吗？"叶子悄然转过脸去说，"阿驹人挺好的，就是怪可怜的，你可要善待她。"

她说得很快，尾音微微颤抖。

"可是，我并不能为她做些什么。"

叶子现在好像连身体都颤抖了。她的表情好像有危险的光闪迫近而来似的，岛村把视线移开，笑着说：

"我倒不如早些回东京为好。"

"我也要到东京去哩。"

"什么时候？"

"什么时候都可以。"

"那么，我回去时带你一起走吧？"

"唉，请你带我一起回去。"她说得若无其事且又一本正经，岛村颇为惊讶。

"你家里的人同意吗？"

"家里的人？只有一个在铁路工作的弟弟，所以我决定就可以了。"

"东京有没有可依靠的？"

"没有。"

"同她商量过了？"

"你是说阿驹吗？我憎恶阿驹，不会告诉她的。"

叶子如此说罢，心情可能轻松下来，她用那略微湿润的双眼仰望着岛村。岛村从她身上感受到一种奇怪的魅力,不知何故,对驹子的爱情之火反而熊熊燃烧起来。岛村认为与来历不明的姑娘像私奔似的返回东京,也许是对驹子的一种深深忏悔的方法。另外,也好像算是一种惩罚。

"你这样跟着男人走,不害怕吗?"

"为什么要害怕呢?"

"你若不安排好在东京安身的地方,以及想做什么事,不是太冒险了吗?"

"就一个女的,总可以过得去的。"叶子语声的尾音提高起来,听来非常悦耳。她盯着岛村说:

"你不会让我当女佣吧?"

"什么,当女佣?"

"我不愿当女佣。"

"你以前在东京做什么?"

"护士。"

"在医院还是学校?"

"不,只是我想当护士。"

岛村又回想起叶子在火车中照顾师傅儿子时的姿态,也许在那认真的态度中,也显现出了叶子的志向。他想到这些,不觉浮出了微笑。

"那么,这次也想去进修护士课程吗?"

"我已经不想当护士了。"

"那种没有基本工作的,可不行呢。"

"哎呀,什么基本工作,我讨厌。"叶子反驳似的笑了起来。

她的笑声响亮、澄澈,使人感到悲凉,听不出白痴般的傻气。然而,那笑声在空幻地叩击岛村心灵的外壳后便消逝了。

"笑什么呢?"

"可不是吗,我只为一个人看护。"

"呃?"

"现在却不能了。"

"是吗?"岛村又遭突然袭击,静静地说,"听说你每天都到荞麦田下面的墓地去祭拜。"

"嗯。"

"你认为自己这一生,不会再看护别的病人,也不会再祭拜别人的坟墓了吗?"

"是不会的呀。"

"那你怎么抛得下坟墓,狠心到东京去呢?"

"哎呀,对不起!但还是请你带我去吧。"

"驹子说你是一个可怕的醋坛子哩!对了,那个人是不是驹子的未婚夫?"

"你说行男吗？不是，那是没影的事。"

"你说憎恶驹子，这又为什么呢？"

"阿驹？"她像当面叫她一样说道，双眸光闪闪地瞪着岛村，"请你好好对待阿驹。"

"我不能为她做什么呀。"

叶子的内眦溢出了泪水，她忽然捏住落在榻榻米上的小飞蛾，一边啜泣，一边说："阿驹说我会疯掉的。"而后拔腿走出房间。

岛村顿感寒气袭人。

岛村打开窗子，想把叶子捏死的小飞蛾丢掉，正好看见醉醺醺的驹子半弯着腰在划拳，似要把客人逼入绝境。天空阴云密布。岛村到室内浴池去了。

叶子带着旅店的孩子进了隔壁的女浴池。

她让孩子脱衣服、帮孩子洗澡，言语亲切温柔，活像纯真无邪的妈妈的甜蜜声音，令人心怡气爽。

少顷，那个声音唱起歌来了。

……

来到后门瞧

梨树有三棵

杉树有三棵

一共有六棵

下面大乌鸦

筑巢正忙着

上面小麻雀

忙着搭新窝

林中小蝈蝈

干吗在唱歌

阿杉祭扫朋友墓

一个一个又一个

这是小姑娘拍着线球唱的数数歌。那生动活泼、欢快跳跃的音调，使岛村觉得刚才的那个叶子是在梦中相见的吗？

叶子不断地对小孩子说话，直到从浴池出来，那声音还像笛声一样萦绕在那里。大门口发着黑光的旧地板上摆着桐木的三弦琴盒，平添了秋夜特有的静谧氛围。岛村突然心血来潮去看琴盒物主的艺名，这时驹子从发出洗碗声响的地方走了过来。

"你在看什么？"

"这个人在这里留宿吗？"

"谁？啊，这个吗？你这个傻瓜，这种东西谁能随身

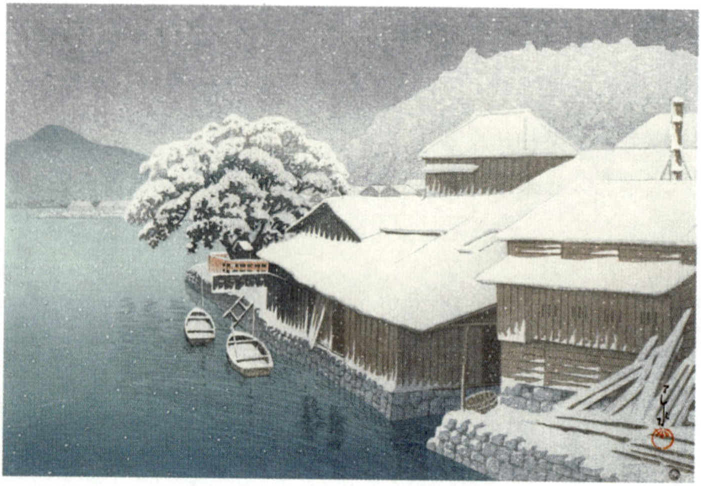

带走呢。有时就这样把它摆在这里好几天哩。"她刚一发笑，随即又痛苦地喘着粗气闭上眼睛，放下和服前襟两侧的下摆，踉踉跄跄地栽向了岛村。

"喂，请你送我回去。"

"不必回去了吧。"

"不行，不行，我得回家。这回是当地人的宴会，所以大家都跟着参加二次会去了，可偏偏只留下我一个人呀。这里有宴会倒好说，回头朋友邀我去洗澡，而我又不在家，就太不像话了。"

尽管酩酊大醉，但驹子仍精神抖擞地走过了陡峭的坡道。

"是你把她弄哭的吗？"

"这样说来，她的确有点疯疯癫癫哪。"

"你这种眼光看人，有趣吗？"

"这不是你自己说的吗？说她快要疯了，她似乎想起了你的这句话，才懊恼得哭了吧。"

"这样的话，倒没啥。"

"不过十分钟，她便在浴池里以悠扬的嗓音唱起歌来了。"

"洗澡时唱歌是她的习惯。"

"她认真地托付我要好好待你呢。"

"真是傻瓜。不过，这种事，你不必宣扬给我听。"

"宣扬？不知道为什么，一触及她的话题，你就会莫名其妙地赌气。"

"你想要她，是吗？"

"这不，又说那种话了！"

"不是开玩笑呀。一看见她，我便觉得她终究会成为我讨厌的包袱。就说你吧，假如你喜欢上她，就仔细观察观察她吧！你一定也会这样想的。"说着，驹子把手搭在岛村肩上，偎靠过来，但又突然摇头说：

"不对。要是碰到像你这样的人，她也许不至于发疯哩。你把我的包袱带走好不好？"

"别乱扯了！"

"你以为我在酒后说醉话吗？一想到她在你身边能得到宠爱，我就能在这山窝里为所欲为了，多开心。"

"喂！"

"放开我。"

说着，驹子一溜小跑逃开，咚的一声撞在了防雨门上，那里便是驹子的家。

"他们以为你不回来了呢。"

"哦，我来开。"

驹子抬起嘎嘎作响的门下沿，拉开门以后小声说道：

"进来坐坐吧。"

"可是，这个时候……"

"屋里的人全睡了。"

岛村确实有些犹豫。

"那么，我送送你。"

"不必了。"

"不行。你不是还没有看过我现在的房间吗？"

一进入后门，这家人的散乱睡姿便呈现在眼前。被面的料子像是这一带的雪裤那种棉布，已经褪色发硬。在浅茶色的灯光下，主人夫妇和十七八岁的女儿，还有五六个孩子，把脸朝着各自的方向熟睡着。这情景令人感到，在贫寒僻陋之中也蕴含着一种强劲的力量。

岛村好像被那睡眠鼻息的温热推回去似的，不由得想往后退，但驹子已经把后门咔哒咔哒给关上了。她也不顾忌脚步声，就踏过这间铺了地板的屋子往里走，岛村蹑手蹑脚从小孩子的枕边穿过，心中顿时有一种莫名的快感在震颤。

"你在这儿等一下，我上二楼开灯。"

"不必啦。"岛村爬上了黑暗中的楼梯。回头一看，在孩子们纯真的睡脸对面就是卖糖果的店面。

这里是地道的农舍，二楼的四个房间铺有陈旧的榻榻榻米。

"就我一个人住，所以宽敞是挺宽敞的！"驹子虽是这么说，可隔扇是全部敞开的，只见那边的房间里堆放着旧家具，煤烟熏黑了的纸拉门里面，铺着驹子的一个小被窝，墙上挂着宴会上穿的衣裳，如此这般，真像是狐狸窝。

驹子把仅有的一个坐垫让给岛村，自己拘谨地坐在铺盖上。

"哟，通红通红的。"她对着镜子说，"我醉成这个样子啦？"

随后，她一边在衣柜上方翻找，一边说：

"在这儿，日记！"

"这么多！"

她从日记本旁边抽出来一个彩纹小纸盒，里面装满了各种各样的香烟。

"我把客人送给我的香烟，都装进袖兜里或夹在衣带中带回来，所以全都这样皱巴巴的，但都是干净的。话说回来，牌子大概都凑齐了。"她跪坐在岛村面前，拨弄着盒子里的香烟给岛村看。

"哎呀，没有火柴了。自己戒了烟，就用不着了。"

"我不抽呀。你在做针线活？"

"是的，但观赏红叶的客人一来，也就一点也顾不上了。"驹子转过头，把柜子前的针线活拢到一边。

大概是驹子在东京生活时的纪念品吧，那个直木纹的漂亮柜子和华丽的朱漆针线盒，仍与住在师傅家那旧纸箱般的屋顶阁楼时一样，但摆在这荒废的二楼，却显得颇为凄惨。

从电灯那边扯过来的细绳耷拉在枕头上方。

"躺下看书时，拽下这个就关灯了。"驹子一边说，一边玩弄着那根绳子。然而，她却像家庭主妇一样安娴地端坐着，显得有点害羞。

"倒像狐狸出嫁[1]啊。"

"的确是！"

"你要在这房间里生活四年吗？"

"不过，已过去半年了。快得很呢。"

下面传来了人们的鼾声，而且也没有什么话头了，岛村便匆匆地站起身来。

驹子边关门，边探出头仰望一下天空说：

"好像会下雪哩。红叶的季节也要结束了。"

到了门口，她又接着说道：

"这一带是山村，还有红叶时也会下雪。"

---

[1] 狐狸出嫁，日本谚语，指鬼火等。此处形容深夜雪乡的灯光忽明忽灭。

"留步,晚安!"

"我去送你,只送到旅店门口。"

想不到,她还是跟岛村一起进了旅店。

"晚安!"说罢,她不知消失到什么地方去了。但是不一会儿,她又端着两只装满冷酒的玻璃杯回来了。一进房间,她便激动地说:

"喏,喝吧,喝酒喽。"

"旅店里的人都睡了,你是从哪儿拿来的?"

"哼,我知道哪里有酒。"

看来驹子是在从酒桶倒酒的时候喝过才过来的,刚才的醉意仿佛又返回来了,她眯着眼睛,目不转睛地盯着酒从杯子里溢出,说道:

"可是,摸黑干杯,不够味。"

岛村把她递过来的杯中冷酒一饮而尽。

喝这么一点酒本来是不该醉的,但也许因为在外面行走身子受了凉,他突然感到胸口难受,酒劲直往头上蹿。他好像知道自己的脸色已经苍白,便闭上眼睛躺下来。驹子慌忙过来照看,不久,岛村便稚气十足地沉浸于女人身体的温热之中了。

驹子似觉害羞,那动作俨如没有生过孩子的姑娘抱着别人的孩子一般。她把岛村的头托高,仿佛看着孩子睡觉似的。

不一会儿，岛村突然蹦出一句：

"你是个好姑娘。"

"为什么这么说？我哪里好？"

"是个好姑娘呀！"

"是吗？你这人真讨厌。都说些什么呀。请你醒醒！"驹子把头扭过去，一边摇晃着岛村，一边断断续续斥责似的唠叨，随后便沉默不语了。

接着，她莞尔一笑，说道：

"这样多不好呀。我难受得很，你还是回东京吧。我已没有什么可穿的衣服了。每次到你这里来，我都想换身宴会服，现已把衣服全换完啦。这件还是向朋友借的呢。我是坏姑娘吧？"

岛村一声没吭。

"这种人，哪里是好姑娘？"驹子的声音带点哽咽，她继续说，"初次见面时，我觉得你这种人挺讨厌的。从来没有人对我说过那么不客气的话。我真觉得你很讨厌呢。"

岛村点了点头。

"哼，我一直没把这些告诉你，你可明白？要是被女人说成这样，那可就糟透了。"

"我不介意。"

"是吗?"驹子像在回顾自己的过去似的,沉默良久。这个女人的生存感缓缓地向岛村传来。

"你是个好女人哪。"

"好什么?"

"是好女人哟。"

"你是个怪人!"她好像难为情似的遮住脸,但似乎想起了什么,突然撑起一只胳膊,抬头说:

"你的话是什么意思?你说,什么意思?"

岛村惊讶地望着驹子。

"说啊!你就为了这个才到这里来的?你在笑话我,你果然在笑话我啊!"

驹子脸色通红,瞪着岛村追问时,她的双肩激愤得颤抖起来,脸色也刷地变得苍白,潸然泪下。

"我好悔恨!啊,好悔恨!"说着,她从被窝里骨碌骨碌翻滚出来,背朝岛村坐下。

岛村这才知道驹子误会了他的意思,顿时惊愕不已,却闭上眼睛默不作声。

"我真可悲呀。"

驹子独白似的嘟哝着,把身体缩成一团趴下了。

她也许哭累了,便拿银簪在榻榻米上噗呲噗呲乱戳了一会儿，然后突然跨出房门走掉了。

岛村没能随后去追她。被驹子这么一说，他的确感到十分歉疚。

然而，驹子立刻就蹑手蹑脚回来了，她从纸拉门外气呼呼地叫道：

"喂，要不要去洗澡？"

"啊。"

"对不起，我改变了想法，就回来了。"

她躲在走廊站着不动，看样子是不会进来的，所以岛村就拿了毛巾走出门去。这时，驹子避开岛村的目光，微微低着头走在前面，这模样就像罪行败露被人押走似的。但在浴池里泡热身子之后，她竟然令人心疼地欢闹起来，岂还有睡意？

第二天早上，岛村被唱歌谣的声音惊醒了。

正当他静静地听着歌谣时，坐在梳妆台前的驹子转过头来，咧嘴微笑着说：

"那是梅花间的客人唱的。昨晚宴会后他们叫我去的呀！"

"是歌谣会的团队旅行吗？"

"嗯。"

"下雪了吧？"

"嗯。"驹子站起来，倏地拉开木格纸拉窗让他看。

"红叶也已到尽头了。"

从窗框内看到的灰暗天空中，牡丹花瓣大的雪片正向这边呼呼地飘流过来。不知何故，此时静谧得出奇。岛村以睡眠不足的呆滞目光凝望着。

唱歌谣的人们竟打起了大鼓。

岛村想起去年岁暮那面映照着晨雪的镜子，便朝梳妆台望去，但见镜中飘浮的牡丹雪那凛凛花瓣越来越大，而敞开领口擦拭着颈子的驹子身畔，飘曳着一道道白线。

驹子的肌肤洁净得像刚洗过一般，可怎么也想不到，她竟然是个会为岛村随口说出的一句话产生那么大误会的女人，反而显现出她或许有难以逆转的哀愁。

红叶的红褐色逐日黯淡的远山，也因这场初雪而鲜明地复活了。

浮着薄雪的杉树林，一株株杉树十分鲜明醒目，它们傲指天空，挺立在雪地上。

在雪里缫丝，于雪中纺织，以雪水漂洗，置雪上晾晒。从纺到织，一切与雪相始终。有雪才有绉布，雪当是绉布之母。古人也在书中如此记述。

岛村也曾在旧衣店里搜寻村姑们在漫长的雪季手工

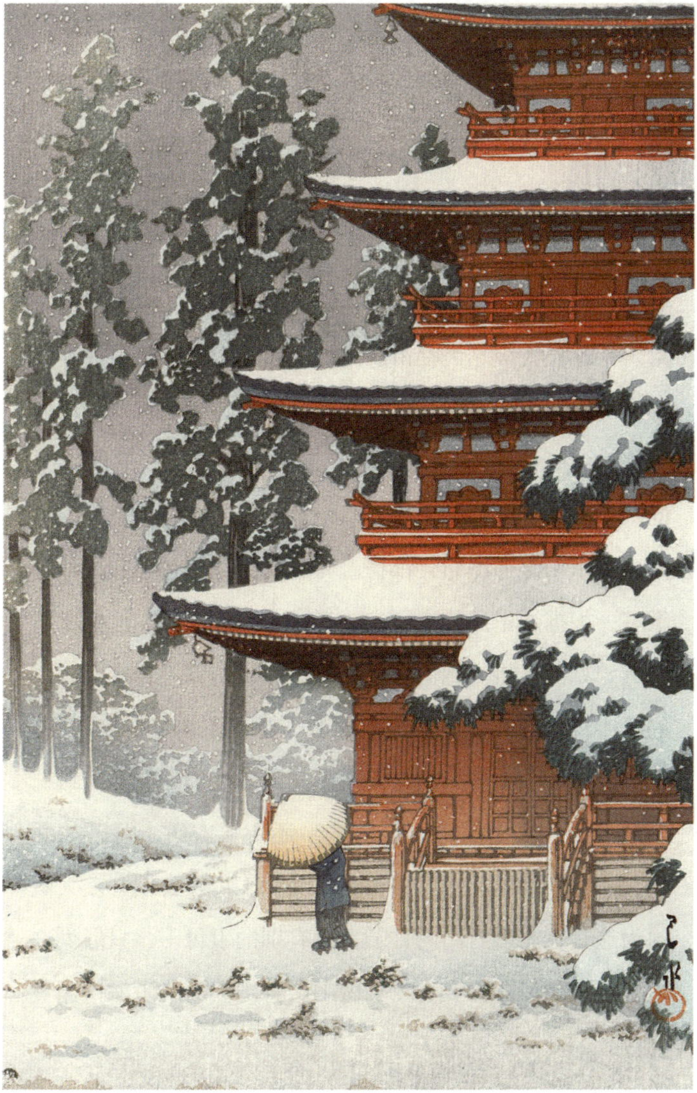

做的雪国麻绉布，买下做夏装。出于舞蹈方面的关系，他也熟知买卖能乐[1]旧戏服的店铺，于是托付他们，遇到纹饰好的绉布就随时叫他去看。他喜好这种绉布，爱用它做贴身单衣。

据说从前在拆掉防雪帘、冰雪消融的初春时分，绉布就首发上市了。村里甚至还设有定点旅店，专供远从东京、京都、大阪三大都市赶来的绉布批发商下榻。姑娘们殚精竭虑地织造了半年，也就是为了这首发上市，所以到了那时，远近村庄的男男女女都聚集过来，变戏法卖艺的、叫卖杂货的也一个挨着一个，就像乡镇赶庙会一样热闹。展示出来的绉布，都挂着写有纺织姑娘名字和住址的纸签，根据质量品相来评定一等、二等的级别。这也成了选觅媳妇的良机。她们自幼就学织布，所以不是十五六岁到二十四五岁这个年龄段的姑娘，是织不出上等绉布的。年龄一大，织出的布面便失去了光泽。她们为能跻身纺织姑娘前列，既要努力磨炼技艺，还要从农历十月开始缫丝，一直忙到翌年二月中旬，晾晒完工后才告结束。大概因为这是在冰雪封门的日子，没有别的事可干，只能做这手艺活，所以才能专心致志做工，将她们的挚爱深情蕴藏

---

1 能乐，日本演艺之一。合着笛、鼓等的伴奏，边唱谣曲边表演，演员多戴假面。室町时代（通指1336年至1573年）由观阿弥与世阿弥完成。

进产品中吧。

岛村所穿的绉布衣服中,说不定还有江户末期到明治初期的姑娘所织的布料呢。

岛村至今仍把自己的绉布衣服拿去"雪晒"。这些不知曾与何人的肌肤相厮磨的旧衣,每年都要送到产地去晒,虽然是件麻烦事,但一想是往昔的姑娘在大雪封门时的精心制作,便仍希望它能在伊人的故土上,用地道的传统方法来晾晒了。在朝阳的照耀下,铺在厚厚积雪上的白麻布,让人分不清是雪还是布,全都染上了绯红色。只要思量一下这种景象,夏天的污垢便觉消除殆尽,自己的身体也如晾晒过一般舒适爽快。不过,也可把绉布衣服交给东京的旧衣铺去处理,但他们是不是仍沿袭往昔的晾晒方法,便非岛村所能知晓的了。

晾晒店自古就有。很少有纺织姑娘在各自的家中晾晒的,大都交给晾晒店去晒。白绉布须在织成之后去晒,有色的绉布则将纺成的细线挂在拐[1]上去晒。白绉布直接铺在雪地上晾晒。据说晒期是从正月至二月,所以也有利用大雪覆盖的田地作为晾晒场的。

无论是布还是线,都得在草木灰水中浸泡整整一夜,

---

1 拐,把纺成的丝线卷在上面的一种工字形的工具。

第二天早上再放清水中漂洗数次，然后绞干晾晒。这种程序要反复做好几天。这样一来，当白绉布即将晾晒完工时，旭日东升，霞光万道，这种天地绯红的壮观景象，美得无与伦比，真想展示给南国暖乡里的人们欣赏。古人也在书中这样记载着。绉布晾晒完毕之日，正是雪国报春之时。

绉布的产地靠近这个温泉浴场。它位于山谷间的河流下游，此处河道渐宽，平畴一片，从岛村的房间似乎也能看到。往昔有绉布市场的乡镇，现今都设有火车站，如今也作为纺织胜地而名闻遐迩。

然而，无论是在穿绉布衣裳的盛夏，还是在织绉布的严冬，岛村都没来过这个温泉浴场，所以没有机会同驹子谈及绉布。

但是，当他听到叶子在浴池里唱歌时，却偶有所思：如果她生在从前的时代，也许会坐在纺车或织布机旁那样唱着歌吧。叶子的歌声的的确确接近那种声音。

听说比毛发还细的麻线，如果没有天然冰雪的湿气浸润，便不易处理，所以它最适宜在阴冷的季节加工。古人说，寒天时织成的麻布在夏天穿起来也凉爽，这是阴阳自然之观点。与岛村情意绵长的驹子，似乎在本质上也属于凉性。因此，驹子内心格外热情这一点，对岛村来说则觉得伤感。

可是，这样的恋慕，并不能像一块绉布那样留下实实在在的形体吧。岛村茫然思忖：用于衣着的布，在工艺品中虽是寿命最短的，但如果妥善保管，五十年前或更早的绉布也不致褪色，仍能穿上身。而人生相依相伴，却没有绉布的寿命那么长。于是，他的脑海中不由得又浮现出了为其他男人生下孩子而成为母亲的驹子的身姿，岛村骇然环顾周边。是不是太疲惫了，他想。

这次逗留得如此之久，好像把要回到有妻室的家这件事也忘掉了。这并非由于不能离开此地，也不是因为不能同驹子告别，而是现在已习惯于等待驹子频频前来的相会。这样一来，驹子越是苦闷难受，岛村越发苛责自己，犹如自己没有了生性。换句话说，尽管他知道自己的寂寞，却仍静静地伫立不动。岛村百思不得其解：驹子为何会融入自己的情感之中来。驹子的一切，岛村都能通达理解；可是驹子对岛村似乎什么都难以理解。岛村觉得类似驹子碰撞空墙发出回声的音响，听起来宛若堆积在自己心底的飞雪。岛村的这种任性不羁，是不能永远持续下去的。

他觉得这次回去之后，暂时不会再到这个温泉浴场来了。岛村靠近雪季快来时才用的火盆，便听到旅店老板特为他准备的京都产的古老铁壶发出的柔和的水沸声。壶上精巧地镶嵌着白银花鸟。水沸声呈两种重叠，能听出一远一近,而比那远处的水沸声再远些的地方,又宛如持续响着幽幽的小风铃声。岛村把耳朵凑近铁壶,聆听那铃声。在不断响着的铃声更远处,驹子踏着宛似铃声的碎步走过来的那双小脚,倏忽映入了岛村的眼帘。岛村不禁骇然,心想如今已经必须离开这里了。

由此,岛村忽然想到绉布的产地去看看。他也打算顺势离开这座温泉浴场。

然而,在河流下游有好几处这类乡镇,岛村不知道去哪一个乡镇为好。因为他不想去看如今已经发展成纺织工业区的大镇子,所以索性在一个看来比较荒僻的火车站下了车。走了一会儿,来到了一条街上,像是旧时住宿驿站集中之地。

家家户户的屋檐都向外伸得很长,支撑那些檐端的木柱并立在路端。它们类似江户街头的"店下",而此地好像自古就称其为"雁木"[1]。檐下当然也就成了积雪深厚时的往来通道。道路一侧的店铺相连,这房檐也就接连起来了。

房屋之间都是相邻接连的,所以屋顶的积雪没有其他地方丢弃,只能推落到路中央。实际上,只是将雪从大

---

[1] 雁木,日本多雪地区的深房檐,檐端支有立柱,形成走廊,方便行人在积雪深厚时从下面通过。

屋顶上抛到路面的雪堤上。若要去道路对面，就得到处打通雪堤做成隧道，这地方好像管它叫"钻胎内"。

虽然同属雪国，可是驹子所在的温泉村庄屋檐并不相连，所以岛村在这个镇子当然是首次看到"雁木"。因为稀奇，他就走进去略微看了看。古旧的屋檐下面光线昏暗，已倾斜的柱脚都腐朽了。岛村油然感觉像在窥探祖先世代被埋在雪中的阴郁老屋的堂室。

在雪底下埋头于手工作业的织女生活，绝不如她们的制品绉布那么清爽明朗。这个小镇给人的印象是十分古老的。在记载绉布的古书中，虽也引用大唐诗人秦韬玉的诗句等等，却没提到有哪家织造商雇用织女的，据说这是因为织一匹绉布相当费时费工，赚不了钱。

如此含辛茹苦的无名工人弃世已久，仅有这美丽的绉布存留下来。因夏日穿着感觉凉爽，而成为岛村这档人的奢华衣物。这本非不可思议的事，岛村却忽然觉得不可思议。但凡专注的挚爱之举，难道皆会在某个时辰、某一地方鞭挞人吗？岛村从"雁木"下来到了街道上。

这条又直又长的大街具有宿驿通衢的气势，大概是从温泉村连通的古老街道吧。木板屋顶的横木条和铺石，也都与温泉乡镇毫无二致。

檐柱投下了淡淡的阴影。不觉之间已近黄昏了。

没有什么可观览的，岛村便重登火车，到下一个村镇去看看。这里与前一个镇子类似。岛村仍是信步闲蹓，只是为御寒吃了一碗面条。

面馆位于河岸，这条河也是从温泉浴场流过来的吧。但见尼姑三五成群地先后过桥而去。她们穿着草鞋，其中也有背着圆顶斗笠的，好像刚化缘回来。感觉像乌鸦急于归巢似的。

"有不少尼姑路过这里？"岛村问面馆的女人。

"是的，这山窝里有尼姑庵。这几天一旦下雪，从山里走出来可艰难啦。"

桥那边，暮色渐浓的山峦已是白茫茫的了。

在这雪国，到树叶飘落、寒风乍起的时节，阴冷天便会接踵而来。这是下雪的先兆。远近的高山都呈现出茫茫白色，这叫作"环山绕"。此外，有海的地方，大海发出呼啸；山势峭深之处则发出山的吼叫，其声犹如远雷。这种现象叫作"山海叫"。目睹"环山绕"，耳听"山海叫"，便知道雪季已为期不远，"雪来到"了。岛村回想起古书上有这样的记载。

还是在岛村早上睡懒觉时听到红叶观光客唱谣曲的那天，下了首场雪。今年的"山海叫"大概已经发生过了吧。岛村独自来到温泉旅行，在与驹子不断幽会的过程中,听觉仿佛奇妙地敏锐起来了,仅仅揣度山鸣海啸的声音,那远方传来的轰鸣声就似乎响彻耳道深处。

"尼姑们也快要闭门过冬了吧。她们大概有多少人呢?"

"嗨,好多好多吧。"

"光是这么多尼姑待在一起,好几个月都闷在雪里,都做些什么呢?以往这一带都织些绉布什么的,要是在尼姑庵里纺织,倒也不错呀。"

对于岛村好事的闲扯,面馆的女人仅报以淡淡一笑。

岛村在火车站等了将近两个钟头的返程火车。微弱的夕照沉落之后,寒气仿佛将星星磨出了冷洌的亮光。脚都冷冰冰的了。

也不知这一天跑出去干了些什么,岛村又回到温泉浴场来了。汽车过了那个常走的岔道口,开到守护神旁的杉树林边时,眼前出现一间灯火通明的房子,岛村便松了一口气。那是小吃店"菊村",门口有三四个艺伎站着聊天。

岛村刚一想驹子也可能在这里吧,结果马上就发现了驹子。

车速骤然降了下来。已经知晓岛村和驹子关系的司机,好像不由自主地把车开慢了。

岛村忽然把脸背向驹子朝后面转过去。汽车一路印下的车辙清晰地残留在雪地上,在星光的辉耀下,想不到竟能看到很远很远。

车子来到了驹子跟前。驹子忽然眼睛一闭,纵身扒上了车。车子没有停下,仍是那么慢悠悠地爬上山坡。驹子弯着腰站在车外踏板上,抓着车门上的把手。

尽管那是飞身跳到车上像被吸附住一样的强悍气势,而岛村却感到一股暖流轻盈地飘然而至,对驹子的举动并不觉得不自然和危险。驹子扬起一只手臂,像要抱住窗子。她的袖口滑落下来,长衬衣的颜色透过厚厚的玻璃微微一露,顿时沁入岛村冻得发硬的眼睑。

驹子把额头抵在窗玻璃上,尖叫道:

"你去哪里啦?喂,你去哪里啦?"

"你这样多危险,不要乱来!"虽然岛村也是高声回答,但这是矫情的戏逗。

驹子打开车门,斜着身子歪倒进来。然而此时车子已经停住。到达山脚了。

"嘿,你到哪里去了?"

"哦,你问这个啊。"

"去了哪里?"

"也没去到哪里。"

驹子理顺衣服下摆的手法显露出了艺伎气质,这对岛村来说,宛如看到了稀奇珍品。

司机默然坐着不动。车子已经停在道路的尽头，岛村感到就这么待在车上挺可笑的，便说：

"下车吧！"

这时，驹子抬手捂在岛村的膝盖上，说：

"哟，冰凉。冻成这样！为什么你不带我去呢？"

"倒也是嘛。"

"还说啥？你这人好古怪。"

驹子开心似的笑着，登上陡峭的石阶小路。

"你出去的时候，我都看到啦。大概在两三点钟，对吧？"

"嗯。"

"因为我听到了车子声响，就出来看看，是到外面来看的呢！你呀，没有往后头看看吧？"

"哦？"

"根本就没看哪！为什么不回头看看呢？"

岛村吃了一惊。

"难道你不知道我在送你吗？"

"不知道呀。"

"你看吧。"驹子仍开心地莞尔一笑。接着，她把肩头挨靠过来。

"为什么不带我去呢？你变得冷酷了，真讨厌。"

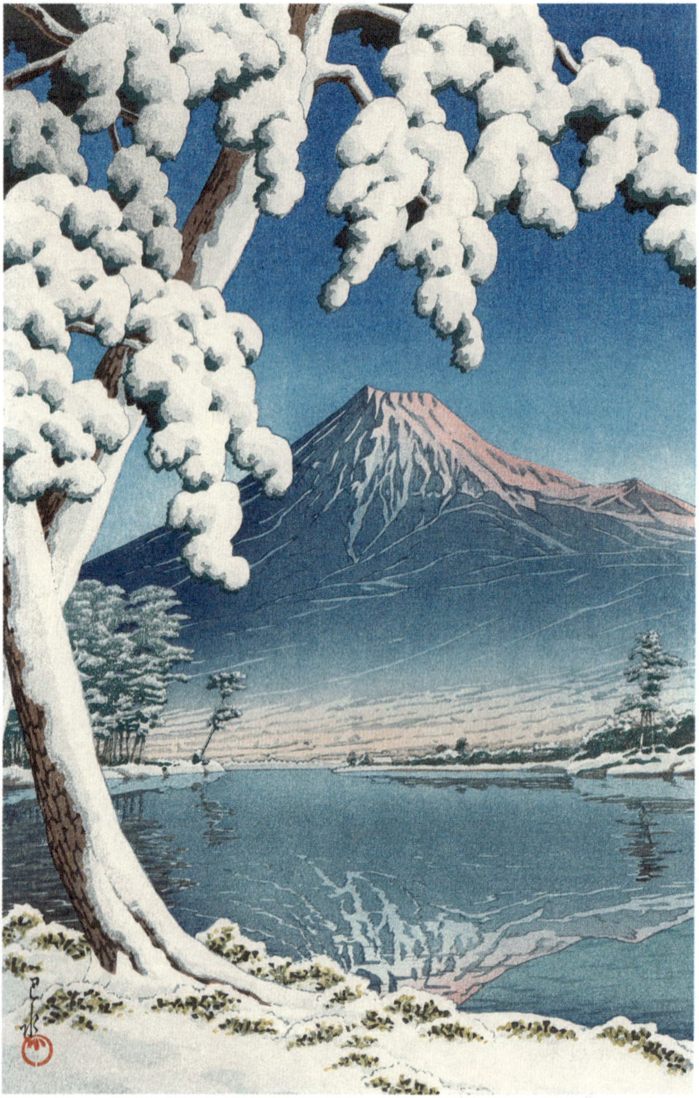

突然，火警的钟声响了起来。

两人回头一看，惊呼：

"失火了，失火啦！"

"是火灾。"

火苗从下面的村子正中间升腾起来。

驹子叫喊了两三声，攥住了岛村的手。

在翻滚升腾的黑烟中，火舌时隐时现。那火头向旁边蔓延，火舌舔舐着周边的屋檐。

"是哪里？那不是你从前住过的师傅家附近吗？"

"不对。"

"那是哪一带呢？"

"还要往上去，靠近火车站。"

火焰蹿出屋顶，升上天空。

"啊，是茧库，是茧库啊！哎哟，哎哟，茧库烧着啦！"驹子接连不断地说着，把脸颊靠在了岛村肩上。

"是茧库啊！是茧库啊！"

火势越来越猛，俯瞰浩瀚星空的下方，火灾恍如玩具着火般悄然无声。尽管如此，那熊熊烈火似乎正呼呼作响，一种恐惧感逼袭而来。岛村搂住了驹子。

"别怕，别怕！"

"不，不，不！"驹子摇着头哭了起来。在岛村的手掌中，她的脸蛋感觉比平时娇小了些，紧绷的太阳穴在颤动着。

她是看见火才哭出来的，但岛村丝毫不想弄清楚她在哭什么，只是搂着她。

驹子突然停止哭泣，把脸从岛村肩上移开，说：

"啊，对了，茧库里在放映电影啊！正是今天晚上啊。里面满是人，你……"

"那可不得了！"

"有人会受伤的，会被烧死的！"

二人慌忙跑上石阶。这是因为上面传来了嘈杂声。他俩仰头一看，高高的旅店二楼三楼，大部分房间的房客都拉开门窗，到明亮的走廊上观望火场。摆在庭院角落已经枯萎的菊花，不知是因着旅店灯光还是星光而浮现出了轮廓，不由得令人觉得那是火光照映出来的。那排菊花后面也站着人。旅店的掌柜等三四个人，从他俩的头顶上方滚落似的奔下来。驹子提高嗓门叫道：

"喂，是茧库吗？"

"是茧库啊。"

"有人受伤吗？有没有受伤的？"

"正在不停地往外救啊。是从电影胶片那儿，砰的一声便全烧起来了，蔓延得可真快呀。我是从电话里听说的。

你瞧瞧！"说罢，掌柜的扬起一只手臂对他俩摇了摇，就走开了。

"说是那些小孩子呀，正从二楼被接二连三地往下抛呢。"

"唉，这可怎么办呢？"驹子像追赶掌柜似的下了石阶。从后面下来的人越过她向前跑去。驹子也随势跟着跑起来。岛村也追了上去。

石阶下，火场被房屋遮掩住，只能看见往上蹿的火头。警钟声响彻夜空，更增添了人们的不安。

"雪已结冻了，小心点，地滑。"驹子转头向岛村说道，可随即就势停住脚步，站在那里说，"我说，这样吧。你就算了，不要去了。我担心村里的人嘛。"

她这样说倒也在理。岛村感到扫兴，垂头正好看见脚下的铁轨。原来他们竟然来到岔道口了。

"银河。真漂亮啊！"

驹子嘟哝一句，就这么仰望着那片夜空，又跑开了。

"啊，银河！"岛村也抬头仰望，顿时感到身子轻扬直上银河之中了。银河的亮光，近得宛如欲将岛村掬上去似的。旅途中的芭蕉[1]在惊涛骇浪的海面上所看到的，就

---

1 芭蕉，即松尾芭蕉（1644—1694），日本俳句诗人。松尾宗房的俳号。1679年，他写了第一首"新型"俳句，从此成名。以简洁的陈述唤起一种意境并衬托出两种独立现象的比较和对照，乃是芭蕉风格的标志。他的不少作品，被誉为日本文学的珠玉之作。

是如此璀璨的银河之雄大吧。赤裸裸的银河,俨如要将夜色中的大地赤裸着卷上去似的,径直向那边倾泻而来。那真是令人惊悸的艳丽。岛村感到自己渺小的身影,似乎要从大地上逆向映入银河。银河清澄透澈,不光浩繁的星斗一颗一颗清晰可见,就连充满光云中的银砂,也都一粒一粒格外分明。银河无极的深邃,把岛村的视线吸进去了。

"喂,喂。"岛村呼唤着驹子,"喂,过来——"

银河低垂到黑暗山峦的顶端,驹子正朝那个方向奔跑。

她好像在提着衣襟下摆,每次摆动手臂,红色的下摆便时而露出很多,时而又收缩回去。在星光辉耀下的雪地上,可辨明那是红色。

岛村一溜烟地追了上去。

驹子放慢脚步,放手松开下摆,握住了岛村的手。

"你也要去?"

"是呀。"

"真爱凑热闹啊。"她提起坠在雪地上的衣服下摆,说,"我会被人笑话的,你就回去吧。"

"好,就到前面那儿。"

"不合适吧!连火场都带你去,在村里人面前我不好意思呀。"

岛村点点头停了下来,驹子却轻轻地抓着岛村的袖子,缓缓地向前走去。

"请你在哪个地方等我,我马上就回来。在哪里好呢?"

"哪里都行。"

"那么,就再往前一点儿吧。"说着,驹子死死盯住了岛村的脸,可又突然摇起头来,说:

"讨厌,不能再这样了。"

驹子猛地撞上了岛村的身子。岛村踉跄一步。路边的薄雪中,挺立着一排排大葱。

"真无情呀!"接着,驹子开始连珠炮似的找碴说,"呃,你呀,曾说过我是好女人吧!你已经要回去了,为什么还说那种话,是要向我挑明吗?"

岛村想起了驹子拿发簪噗呲噗呲戳着榻榻米时的情形。

"我哭了啊,回家后也哭了一场啊。我真怕和你分开。可是,你还是早些走吧。你的话把我惹哭了,我是不会忘记的。"

一想起因驹子错听反而令她刻骨铭心的那句话,岛村就被依恋之情紧缚住了。这时,火场突然传来嘈杂的叫声。新的火势喷起了火星。

"啊,又烧起来了,火势那么旺,冒出那么大的火!"

两人叹口气，像获救了似的奔跑起来。

驹子跑得真在行。她的木屐飞也似的掠过冻结的雪面，手臂也不是常见的前后摆动，倒像是向两侧伸展。她那副紧紧凝气聚力于胸前的姿势，令岛村觉得她意外地娇小。微胖的岛村一边盯着驹子的身姿一边奔跑，早已痛苦不堪了。然而，驹子也突然透不过气来，踉踉跄跄地倒向岛村。

"眼珠子冻得都要流出泪啦。"

驹子面颊火热，只有眼睛冰冷。岛村的眼睑也濡湿了。他眨眨眼，感觉满目全是银河。岛村控制住那夺眶欲出的泪水。

"每天晚上，都是这样的银河吗？"

"银河？好漂亮呀，不是每晚都这样的吧。今天可是大晴天哪。"

银河从二人后面向前流泻，正是他们奔跑的方向。驹子的脸蛋儿犹如映照在银河之中。

然而，她鼻子的形状模糊不清，嘴唇的颜色也消失了。岛村无法相信横贯长空的光层竟会如此晦暗。不可思议的是，这比淡月之夜还黯淡的星光之夜，银河却比任何满月的夜空更为通明。地上没有一丝阴影，驹子的脸蛋儿恍若旧面具浮现在一片迷蒙之中，挥发出女体的清馨。

仰首一望，岛村顿觉银河又欲搂抱这片大地似的低垂下来。

宛若恢宏极光似的银河，浸透岛村的身体流泻而过，令人感到仿佛兀立于大地的尽头。虽然这给人静谧冷寂之感，但亦妖艳莫名而令人惊诧。

"你走后，我要踏踏实实过日子。"驹子说罢，又起步走去，还用手拢了拢松散的发髻。

走了五六步，她又回头说：

"怎么啦？多烦心。"

岛村还是那样伫立着。

"行吗？等着我，过会儿一起去你的房间。"

驹子扬了扬左手就跑开了。她的背影仿佛要被黑暗的山底吸噬过去了。银河在被连绵山岭的轮廓线截断的地方冲开山麓，又逆势迸发，从那里以华丽的恢宏气势向长天伸展过去，因而山峦显得更黝黯、更低沉了。

岛村刚挪步片刻，驹子的身影便没入街上的民舍后面了。

"嘿哟，嘿哟，嘿哟！"号子声传过来，但见有人拖着水泵走过去。街上有不少人前簇后拥地奔跑着。岛村也急忙跑到街上。刚才他们两人走过来的道路，通向丁字形街道的尽头。

又有人拖来了水泵。岛村让开路后，就跟在他们后面跑。

这是陈旧的手压式木质水泵。除了拉着长绳子走在前面的一队人之外，水泵周围也簇拥着消防队员。那水泵小得出奇。

为给这台水泵让路，驹子也退到了路边。她发现岛村后，就与他一起跑了起来。刚才避让水泵站到路边的人们，像被水泵吸住了似的跟在后面追赶。现在他们二人也不过是加入了跑向火场的人群而已。

"你也来了？真多事！"

"嗯。这水泵能行吗？是明治时代之前的。"

"是啊。别跌倒啦。"

"地上好滑哦。"

"是啊。再往后，刮上一夜的狂风卷雪时，你来一趟看看吧。可能来不成吧！野鸡呀，兔子呀，都逃进人家屋里来啦……"驹子虽然这么说，可受消防队员的吆喝声和人们的脚步声感染，她的声音却明快洪亮。岛村也觉得身子轻快多了。

传来大火的燃烧声。火势在眼前冲腾起来。驹子抓住了岛村的臂肘。街上低矮的黑屋顶在火光中犹如呼吸一般，忽而浮现出来，继而又黯淡下去。水泵打出来的水，流到了脚下的道路上。岛村和驹子也在人墙外自然而然地停住了脚步。火场的焦臭味之中，还混杂着煮蚕茧似的气味。

尽管人们在街头巷尾高声议论着是电影胶片起火的啦，看电影的孩子从楼上一个一个地被抛出来啦，有没有人受伤啦，幸好村里的蚕茧和大米现在都没放进去啦……但面对着燃烧的大火，大家却默默无言，仿佛失去了远近的中心，唯有一种静寂一统火场。大家似乎都在听着火的燃烧声和水泵抽水声。

时而有刚跑来的村人，四处呼唤着家人的名字。若有人答应，他们便兴高采烈地互相呼叫。唯有这些声音透出鲜活的生气。警钟已经不再鸣响了。

岛村想避人眼目，便悄悄与驹子拉开距离，站到了一群孩子的后面。孩子们因烟熏火燎而向后倒退。脚下的雪似乎也松软起来。人墙前面的雪因水流和火烤而融化，泥泞的地上留下凌乱的脚印。

这里是茧库旁边的旱田，与岛村他们一起跑过来的村民大都进到了田地里。

火头好像是从安放放映机的入口那边燃起的，茧库的屋顶和墙壁已烧塌了一半，柱子和梁架等骨架虽然冒着青烟，但依旧竖立着。屋顶、墙壁的木板和木地板已经化为灰烬，所以屋内不再烟雾缭绕，浇透水的屋顶看来也不会复燃了。尽管如此，暗火好像仍未止住，从意想不到的地方蹿出了火焰。人们慌忙把三台水泵的水都朝那里浇去，顿时喷起火星，冒出黑烟。

那些火星扩散到银河中，岛村感觉自己又像被天河掬上去了似的。青烟在银河中漂流，相反，银河也飒然流泻下来。水泵打出的水冲过屋顶在摇荡，化作淡白色的水烟，亦如辉映出的银河光耀。

不知道什么时候挨过来的，驹子握住了岛村的手。岛村转过脸来，但默然无语。驹子依然凝视着火场那边，那火焰的呼吸在她红扑扑的严肃面容上忽闪忽闪着。岛村心中涌起一阵激情。驹子的发髻松了，脖颈向前挺着。岛村突然想把手伸到那儿去，可指尖却颤抖起来。岛村的手也暖乎乎的了，可驹子的手更为滚热。不知何故，岛村感到离别似乎正在迫近。

大概在入口处的柱子那边又起火燃烧，水泵的一道水柱径直向那边喷射，屋脊和栋梁"呲呲"地散发出热气，眼看着就要倾倒了。

人墙中发出"啊"的一声叫喊，便立刻屏住了呼吸，只见一个女人坠落下来。

为了让茧库也能做剧场使用，二楼设有仅为形式上的观众席。说是二楼，却很低矮。从这个二楼坠落下来，照理说瞬间便可着地，但刚才却好像有足够的时间，让人用眼睛清晰地追踪坠落的姿态。也许是坠落方式很奇怪的缘故吧，她看起来就宛若木偶一般。一眼就可看出她已处于昏迷状态。落到下面也没有发出声响。这地方被水冲过，也没扬起尘埃。落点是在新蔓延上来的火苗和死灰复燃的火苗中间。

一台水泵倾斜着向死灰复燃的火头喷出弧形的水流，可在水流前面突然浮现出一个女人的身体。她就是以这种方式坠落的。女人的身体在空中呈水平状态。岛村心头一震，但并没有旋即感到危险与恐惧，只觉得犹如非现实世界的幻影一般。僵直的身体坠落到空中变得柔软了，然而，那姿态如同木偶般的顺从，呈现出生命不再的自由，生也罢死也罢都已休止了。如果说岛村心中也闪现过不安，那就是担忧伸展为水平状的女人的身体，头部会不会朝下、腰和膝部会不会弯曲。看起来似有这种可能，但她仍旧呈水平状坠落了。

"啊！"

驹子尖叫着捂住了双眼。岛村则直勾勾地凝望着。

岛村也知道坠落下来的是叶子，那他是什么时候知道的呢？人墙中发出"啊！"的一声惊叫就屏住呼吸也好，驹子"啊!"的一声尖叫也好,实际上仿佛在同一瞬间。叶子的小腿在地上痉挛,好像也在同一瞬间。

驹子的叫声穿透了岛村的整个身躯。在叶子小腿痉挛的同时,岛村从头到脚也骤然一阵冰冷的痉挛。他被一种难以忍受的痛苦和悲哀击打,心房在激烈悸动。

叶子的痉挛轻微得令人看不出来,旋即停止了。

比起那小腿痉挛,岛村更先看到的是叶子的脸蛋和红色箭翎花纹布的和服。叶子是仰面坠落下来的。衣服的下摆一直翻卷到一只膝盖的稍上一点。即使撞在地面上,她好像也仅仅是小腿痉挛了一下,仍旧处在昏迷状态。不知何故,岛村依然没有感到她的死,只觉得那是叶子内在生命的变形,仿佛那只是变形的转折点。

从叶子坠落下来的二楼观众席上,倾倒过来两三根木头梁柱,开始在叶子脸的上方燃烧。叶子闭合着那双美丽动人的眼睛。她扬着下巴,脖颈的轮廓线条伸展着。火光在她苍白的脸上方凌乱摇荡。

岛村突然想起几年前他到这温泉浴场来会驹子,在火车中看见山野灯火显映在叶子脸庞正中央时的情景,心中又是一阵震颤。这一瞬间,火光仿佛映照出了他与驹子相处的岁月。这当中也有某种难以忍受的苦楚与悲哀。

驹子从岛村旁边飞身跳了出去。这与她惊叫着捂住眼睛几乎是在同一瞬间,即是人墙中发出"啊!"的一声便屏住呼吸的时候。

被水浇透的黑色焦屑七零八落,驹子拖着艺伎衣裳的长长下摆踉踉跄跄地走了过去。她要把叶子搂在胸前抱回来。她竭尽全力叉开双脚站立住,在她的脸蛋儿下面,耷拉着叶子似已西归的茫然面庞。驹子俨若抱着自己的祭祀生灵,抑或刑罚。

人墙在众口喧嚣声中松散垮塌,哄然将她们二人围住。

"让开!请让开!"

岛村听到了驹子的喊叫。

"这孩子,发疯啦,发疯啦!"

岛村正要靠近发出这种狂叫声的驹子,却受到想从驹子手上接过叶子的一群男子推搡而打了个趔趄。在他叉开双腿站定、抬头仰望之际,银河仿佛呼啸着向他心胸中流泻下来。

叶宗敏 译

伊豆舞女

伊豆舞女

一

道路变得曲曲弯弯，眼看将近天城山顶，雨脚已把茂密的杉林染白，同时以惊人的速度从山麓向我追来。

我二十岁，戴着高中的学生制帽，穿着藏青色白碎花和服和裙裤，肩背书包，独自来伊豆旅行。今天已是第四天，其间在修善寺温泉住了一夜，在汤岛温泉住了两夜，然后踏着有厚朴木齿的高齿木屐来登天城山，一面陶醉于眼中的重山叠峦、原生林和深邃的溪谷，一面又被心中一种令人怦然的期待催着匆匆赶路。此时大粒的雨滴开始拍打我的身体，我在弯曲的陡坡上奔攀，终于跑到北山口的一家茶屋，正要喘口气时，却又在茶屋门口停下了脚步，只因为自己的期待竟如此顺利地得到了实现——那一行巡演艺人正在里面歇脚。

见我呆站在那里，那位舞女立刻让出自己的坐垫，

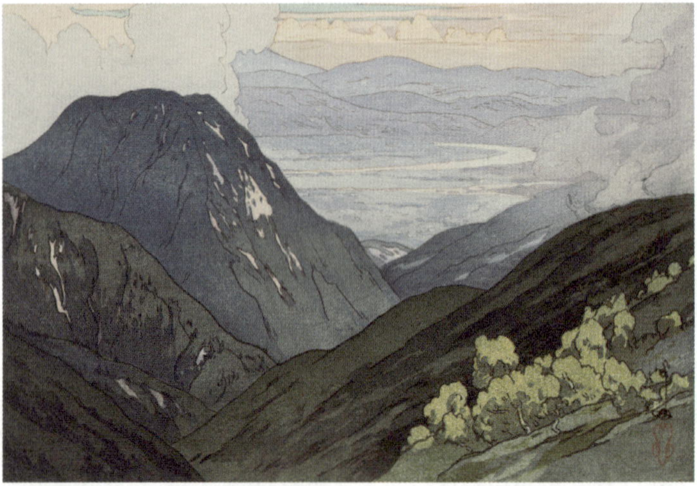

翻个面后放在旁边。我只"哎"了一声,便在坐垫上坐了下来。因在山路上奔走而致的气喘再加上惊喜,一句"谢谢"堵在喉间不能说出。

与她近在咫尺对面而坐,我慌忙从袖中掏出香烟,她把同伴面前的烟灰缸拉到我的近前,我仍是默然。

她看上去十七岁左右,盘着一个我不知其名的古风发髻,形状大得不可思议,让她那张一本正经的鹅蛋脸显得很小,却又给人美感,令人觉得和谐,让我联想到历史故事中的女孩子那种被夸张描绘的浓发。她的伙伴中有一个四十来岁的女人,两位年轻女子,此外还有一个二十五六岁的男子,身穿印有长冈温泉旅馆店号的外衣。

我此前两次见过这位舞女,最初是在来汤岛的途中,与去修善寺的她们在汤川桥附近相遇,当时虽有三位年轻女子,大鼓却是她提着的。我不时回头去望,觉得旅行有了情趣。然后便是我在汤岛的第二天晚上,她们来旅馆卖艺,她在玄关处的地板上跳舞,我坐在楼梯的半中央看得入神,心想她们先是在修善寺,今晚在汤岛,明天可能会翻过天城山到山南的汤野温泉,我在天城七里山道上一定追得上她们。虽是带着这样的空想赶路而来,却在躲雨的茶屋不期而遇,所以心还是怦怦乱跳。

不一会儿,茶屋的老婆婆把我带到别的房间,这房间好像平时不用，所以没有拉门，往下一看，美丽的山谷深不见底。我觉得自己起了鸡皮疙瘩，牙齿打战，浑身发抖，便对来沏茶的老婆婆说冷，她说："少爷是淋湿了吧？您就在这里歇一会儿，来，把衣服烘一下。"说着便要伸手拉我去他们自己的房间。

那个房间砌了地炉，拉开隔门便有强烈的热气冲来，我站在门边犹豫。一位像淹死鬼一样浑身白肿的老人盘腿坐在炉旁，一双连眼珠都似发黄腐烂的眼睛忧郁地朝着我这边看，身旁的旧信件和纸袋堆积如山，说他被埋在纸屑当中也不为过。我站在那里呆呆地看着这山中怪物，不敢相信这还是个活人。

"真不好意思让您看到这副样子……不过，这是咱家的老爷子，您不必害怕，那样子虽然难看，但实在是不能动弹，所以只好请您忍一忍了。"

先是这么打了招呼，老婆婆又告诉我，老爷子患中风多年，终至全身不遂，那堆纸山是各地介绍中风患者养生方法的来信以及各地寄来的治中风病的药袋。无论是向登山旅客打听还是去看报纸上的广告，老爷子总是一个不落地向全国各地寻觅中风疗法，求购药物，然后把这些信件和纸袋一个不丢地放在自己身边，整天看着它们度日，经年累月，便形成了这旧纸堆积的山。

我垂头对着地炉，老婆婆的话让我无言以对。翻山的汽车震动着屋子。虽是秋天，这山顶已是如此之冷，而且不久便会满山是雪，我不懂这老爷子为何不下山去。炉火旺得让我头疼，衣服直冒热气。老婆婆出去跟卖艺的女人说话。

"是吗？上次带来的姑娘已长成这样了？成了大姑娘，您也熬出头了。长得真好看！女孩子就是长得快呀。"

将近一个小时后，那些巡游艺人传来出发的动静，此时的我虽静不下心，却只是心旌摇曳而没有起身的勇气。她们虽说惯于走南闯北，但毕竟都是女人，我即便落后一二十町[1]的路程，一阵小跑便可撵上的。心虽这样想，人在炉旁却是焦躁不安。身边虽然没了舞女，胡思乱想反倒脱了缰似的乱蹦乱跳。老婆婆送走她们回来，我便问道：

"那些艺人今晚住在哪里？"

"哪知道那些人住哪里呢，少爷。哪里有观客，就住哪里，今晚的住处哪有一定呢。"

老婆婆的话中带着轻蔑。既然如此，今晚就让她住我的房间——老婆婆的话燃起了我的希望，以致产生了这样的念头。

1　町，日制长度单位，1町约合109米。

雨小了，山峰渐渐变得清晰起来。店主不住地留我，说再等十分钟就能大晴，我却坐立不安。

"老爷子，多保重吧，天要冷了。"我真心实意对他说道。老爷子吃力地转了转黄浊的眼珠，微微点了点头。

"少爷，少爷……"老婆婆叫着追了上来，"让您这么破费，真是罪过呀。实在不好意思。"

她边说边抱着我的书包不肯松手，不管我怎么拒绝，她执意要送我一程。她颤颤巍巍地跟我走了一町之远，嘴里不断重复同样的话：

"罪过呀，太怠慢您了。我记住您的样子了，下次您路过时再好好谢您，您一定要再来哟，我不会忘了您的。"

我只不过留下了一枚五角钱银币，她便惊歉交加、涕泗横流。我却因想快快撵上舞女，难免觉得她的蹒跚步履碍事。我们终于到了山顶隧道。

"十分感谢。老爷子一人在家，您还是回去吧。"

听我这么说，老婆婆总算放开了我的书包。

走进黑暗的隧道，冰凉的水珠滴滴答答地落下，通往南伊豆的出口在前方露出一小点亮光。

二

出了隧道口，山路像闪电般蜿蜒而下，路的一侧是涂了白漆的栅栏。远望过去，像是一幅模型图景。山脚处可见那行艺人的身影。走了不到六町远我就赶上了她们，但又不能突然放缓脚步，于是便故作冷淡状从她们身边超过。那个独自走在前面十间[1]远的男人看见我便停下了脚步说：

"您走得挺快。天已大晴了。"

我放松下来，开始与他并排而行。他不断地问我各种各样的问题。看见我们聊了起来，那几个女艺人也纷纷跑了上来。

那个男人扛着个大柳条包，四十岁的女人抱着只小狗，年龄最大的姑娘拿着布包袱，另一个姑娘拿着柳条包，各自都带着大东西，那舞女则背着大鼓和鼓架。四十岁的女人也有一搭没一搭地与我攀谈。

"是高中生呢。"年龄最大的姑娘对舞女嘀咕道，见我回头，就笑着说，"没错吧？这点事我还是知道的，学生上岛来玩。"

---

[1] 间，日制长度单位，1间约合1.82米。

她们是大岛的波浮港[1]人,春天出岛后就一直在外漂泊。天冷了,她们出来时没做好过冬的准备,所以打算在下田待十来天后就从伊东温泉回岛。听她们说到大岛,我越发感到了诗意,又去望舞女那头美发,并问了许多大岛的事。

"好多学生来游泳。"舞女对女伴们说。

"是在夏天吗?"

见我回头去问,她慌了神,小声说:

"冬天也……"

"冬天?"

她还是看着女伴,笑了。

"冬天也游泳?"

我又重复一遍,她脸红了,表情非常认真地点了点头。

"这个傻姑娘。"四十女笑了。

到汤野还需沿着河津川的溪谷走三里多下山路。翻过山头,连大山和天空的颜色都给人一种南国的感觉。我跟那男的不断地说话,已经混得很熟。经过荻乘和梨本这些小的村落,已可看见汤野山麓那些草屋顶时,我鼓起勇气提出想跟他一起走到下田,他非常高兴。

---

1 波浮港,伊豆大岛东南部的村子。

四十女在汤野的小旅社前做出了告别的表情时，他说：

"这位想跟着一起走。"

"好呀，好呀。旅途的伴侣，世间的情谊。咱们这样无足轻重的人，也还是能给您解解闷的。进来歇歇吧。"

四十女毫不见外地答道。三个姑娘同时默默地看着我，毫不显得意外，只是有点羞涩。

我跟她们一起上旅社二楼放下行李。榻榻米和纸隔扇门都陈旧而干净。舞女从楼下端了茶来，在我面前坐下，满脸通红，双手发抖，眼看茶碗要从茶盘上滑落，她忙将茶盘放在榻榻米上，茶水已经泼出。她那过于羞赧的样子让我不知所措。

"哎呀！讨厌。这孩子动了春心，这可怎么是好……"

四十女像是惊讶至极，皱着眉把抹布扔了过来。舞女捡起后窘迫地去抹榻榻米。

我因这令人意外的话而猛地反省自己，觉得被山顶那老婆婆燃起的妄念突然破碎。

正在此时，四十女说："学生娃身上的藏青碎花布真好看。"说着不停地瞅我，又反复跟旁边的女人确认道，"这碎花跟民次的衣服一样，是吗？是的吧，不是一样的吗？"然后对我说，"在老家留下了一个上学的孩子，刚刚想起他了,您这藏青碎花布跟他的一样。最近藏青碎花布也贵得让人买不起了。"

"在哪里的学校?"

"普通小学的五年级。"

"哦,普通小学五年级可是……"

"他在甲府的学校上学,虽然常住大岛,老家却是甲府。"

歇了一小时后,那男的带我去另一家温泉旅馆。此前我还一直以为自己会跟这些艺人住在同一家小旅社。我们从街上沿着石子路和石阶往下走了一町左右,过了小河边一家公共浴室侧面的桥,桥对面就是温泉旅馆的庭院。

刚在旅馆内的温泉泡澡,那个男的便跟着进来,告诉我说他二十四岁,老婆曾两次流产早产,孩子都没留住。因他穿着印有长冈温泉店号的外衣,我便以为他是长冈人,再加上他的长相和谈吐都相当有文化的样子,所以我想象他是因为好奇或喜欢上了艺人女孩,于是跟着一起过来,顺便帮着拿行李。

泡完澡后我接着就吃午饭。早晨八点从汤岛出发,这时还不到三点。

那男人临回去时从庭院抬头看着我打招呼。

"你用这买点柿子啥的,我就不下楼送你了。"

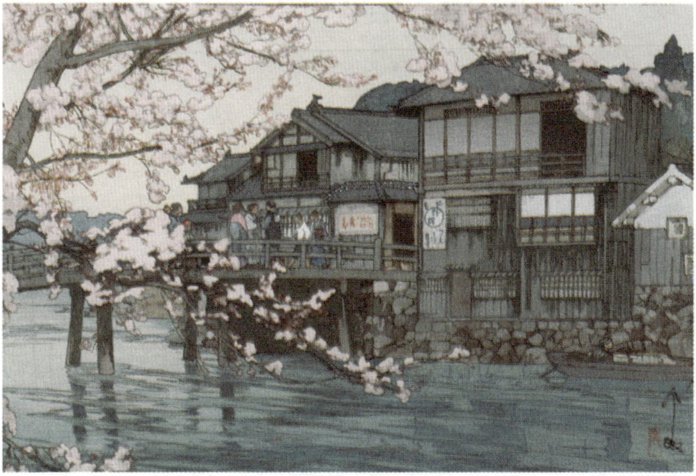

我说着用纸包了些钱扔下去，他本拔腿要走，不想去拿，但因纸包落在地上，便又返身拾起说：

"您这样可不行。"

说着就往上扔，钱却落在了草屋顶上，我又扔了一次，他便拿着离去。

傍晚起雨下大了，群山的样子都一片白蒙蒙的，难辨远近，房前的小河眼看变得黄浊，水流声也变大。如此大雨，那些艺人大概不会过来演出了，这个念头令我坐立不安，连着去温泉泡了两三次。我的房间光线幽暗，与邻室之间的纸隔扇门被裁出一个四方形的缺口，缺口处的横梁上吊下一盏电灯，供两室兼用。

在哗哗的雨声中远远地响起轻微的"咚咚"鼓声，我迫不及待地打开雨窗探出身子。鼓声好像越来越近，风夹着雨点敲打着我的脑袋，我闭目侧耳静听，试图辨识鼓声来自何方，如何向这里走来。不久传来三弦琴的声音，还有女人拖得长长的叫声和热闹的笑声，于是我知道这些艺人被招到小旅社对门的餐馆去卖艺了，并且听得出有两三个女人和三四个男人在那里。我等着那边结束后她们会转到这边来，但那边的酒宴似乎已越过了热闹的阶段而变得胡闹了，女人的尖叫声不时地像闪电般划破夜色传来，刺激着我的神经，让我一直开着窗子呆坐。每当听到鼓声，我的心间就霍地一亮，觉得她还坐在宴席上敲鼓；而鼓声一停，我就坐立不安，觉得自己沉入了雨声的深处。

后来有一阵子响起了杂乱的脚步声，不知他们是在追逐嬉闹还是转圈跳舞，然后又突然恢复平静。我睁大眼睛，企图透过黑暗去看穿这寂静是怎么回事，心中烦乱地担心着她今夜会否遭到玷污。

我关了雨窗上床，心中却备受煎熬，于是又去泡澡，焦躁地搅弄着浴池中的热水。雨停后月亮出来，被雨冲洗后的秋夜显得分外清冽。我赤脚走出浴池，却又觉得无处可去、无计可施。此时已过半夜两点。

三

翌晨九点过后，那个男的来到我的住处，刚起床的我叫他一起去泡澡。南伊豆的小阳春风和日丽、万里无云，涨水了的小河在浴池下方晒着暖洋洋的阳光，我自己也觉昨夜的烦恼如梦一场。我试着问那男的：

"昨晚闹到挺晚的吧？"

"怎么，您听到了？"

"当然听到了。"

"都是当地人。当地人只知胡闹，真没意思。"

他的态度十分不以为然，我便无话了。

"那些家伙到对面的温泉来了。您瞧，他们在笑呢，像是看见咱们了。"

我顺着他的所指去看河对面的公用浴池，水汽中七八条裸体依稀可见。

突然觉得有个裸身女子从昏暗的浴室跑了出来，站在更衣处的顶端做出要往河岸跳下去的姿势，双臂伸展，嘴里在叫喊着什么。她一丝不挂，身上连块毛巾都没有。正是那位舞女，像小桐树一样两腿笔直。我望着那白皙的裸身，心境如一汪清水，深深吐了口气后"咯咯"地笑了出来。那就是个孩子，发现我们后高兴得光着身子跳到阳光之下，踮着脚尖展臂呼叫，只有孩子才会这样。我满心欢喜，浑身通畅，"咯咯"笑个不停，头脑如水洗过般清澄，微笑始终挂在脸上。

她的头发过于浓密，看上去像有十七八岁，再加上打扮得似妙龄女子，所以让我产生了极大的误会。

与那男的回到自己房间后不久，那年龄大些的姑娘就来我们旅馆的庭院看菊圃，舞女这时才走到桥中间，四十女出了公用浴池朝她俩看，舞女耸了耸肩，做了个笑脸，像是怕挨骂似的快步返回。四十女走到桥上来跟我打招呼：

"您过来玩呀。"

"您过来玩呀。"

年龄大些的姑娘也说了句同样的话，她们就都回去了。那男的则一直坐到傍晚时分。

晚上，我跟一位做纸类批发生意的行商在下围棋，旅馆院里突然响起鼓声。

"过来表演了。"

我说着便要站起身来，那纸商却还沉浸于胜负之中，手指点着棋盘说：

"嗯，那种东西没意思。快，快，该你了，我走这一步了。"

在我心猿意马之际，艺人们好像已要回去了。那男的在院子里叫道：

"晚上好！"

我跑到走廊上招手，艺人们在院子里交头接耳了一下便转到玄关这边，三个姑娘跟在男的后面依次在走廊上以手支地像艺伎似的行礼问好。此时的棋盘上我已显出败迹，便说：

"我已无力回天，认输了。"

"怎么会呢？是我处于下风吧，至少也是一盘细棋呀。"

纸商根本不朝艺人那边看，只顾仔细地数着棋盘上的目，然后越发认真地着子。艺人们把大鼓和三弦琴归拢到房间的一角，然后在象棋盘上玩起了五子棋。此时我已输掉了原本该赢的棋，纸商却死缠不放地说：

"再来一盘，再来一盘吧。"

我却只是不置可否地笑着，纸商只好死了心，站起身来。

姑娘们来到棋盘近前。

"今晚还要去哪里演吗？"

"是准备还要转一转的……"那男的看着她们，"怎么样，今晚就到此为止，让咱们玩玩吧。"

"太好了，太好了！"

"咱们不会挨骂吧？"

"怎么会呢。反正再走也碰不到客人了。"

于是大家下着五子棋，一直玩到十二点后才走。

舞女回去以后，我头脑特别清醒，怎么也睡不着，便来到走廊试着叫纸商。

那位近六十岁的老爷子应声从屋里蹦了出来，精神抖擞地说：

"咱们有言在先，今晚干个通宵。"

我也重又变得斗志昂扬。

四

我们约好第二天早上八点从汤野出发。我戴上在公共浴池旁边买的鸭舌帽,把高中的学生帽塞进书包底,然后往街边的小旅社走去。旅社二楼的纸拉门敞开着,我满不在乎地上楼一看,发现那些艺人还在被窝里,我惊惶失措,站在走廊发愣。

我脚边的榻榻米上,舞女满脸羞红,猛地用手去遮掩面孔。她与那位年龄排二的姑娘睡在一条被子里,昨晚的浓妆尚未褪尽,唇和眼角还留着点红,这颇有情趣的睡姿沁入我的心胸。她睡眼惺忪地翻了个身,手掩着脸滑出被窝,在走廊上坐下后姿势优美地鞠了一躬,说了一声"昨晚多谢了",我站在那里,手足无措。

那个男的与年龄最大的女孩睡在一起,见到此景之前,我丝毫不知他俩是夫妻关系。

"实在抱歉,本打算今天出发的,但今晚好像有场应酬,我们就决定晚一天再走了。您若今天非走不可,咱们还可在下田碰面,我们已定在一家叫'甲州屋'的旅馆住宿,一打听就知道的。"四十女从床上半欠起身子说道。我有一种遭拒的感觉。

"您不能明天再走吗?我不知道她推迟了一天。路上有个伴好，明天一起走吧。"

男人这么一说，四十女也附和道：

"就这么着吧，难得有机会在一起的，我们这也太自顾自了，实在不好意思。明天下刀也走。我家宝宝是死在路上的，后天是他去世的七七四十九天，我一直想着要在下田给他做断七，便急着赶路，要在那天之前到达下田。请容我提个不情之请：咱们这也算是有份奇缘，后天还得请您稍稍祭他一下。"

于是我决定推迟出发，然后下楼等着他们全都起床，一边在脏兮兮的账房与旅社的人说话。这时那个男的叫我散步，沿街往南走不多远有座漂亮的桥，他倚着桥栏杆又谈起自己的身世。据说他曾在东京短暂地参加过某新派演剧团体，如今还常常在大岛港演戏。他们随身带着的布包袱中故意露出刀鞘，像是包袱长了条腿似的，据说就是要在堂会应酬时做出个演戏班子的样子，而衣裳和锅碗瓢盆之类的生活用品则都收在柳条箱里。

"我误入歧途，结果落魄潦倒，哥哥却在甲府成功地继承家业，所以我就成可有可无的人了。"

"我一直以为你是长冈温泉的人呢。"

"是吗？那个最大的女孩是我老婆，比你小一岁，今年十九，第二个孩子在旅途中早产，生下一个星期就断气

大正十二年十二月
深水筆

了，她自己身体还没完全恢复。那位大妈是我老婆的亲妈，跳舞的姑娘是我亲妹。"

"哦？你说过有个十四岁的妹妹……"

"就是她。正因是我妹，实在不甘心让她干这种营生，但其中又有种种情况。"

他又告诉我自己名叫荣吉，老婆叫千代子，妹妹叫薰，另一个叫百合子的姑娘是雇来的，只有她是出生在大岛的。荣吉两眼盯着河滩，表情十分感伤，几乎要哭了出来。

回来后看到褪尽脂粉的舞女正蹲在路旁抚着小狗的脑袋。我说要回自己的旅馆，并叫她来玩。她说：

"哎，但一个人……"

"那就跟你哥哥一起来。"

"马上就去。"

不一会儿荣吉来我旅馆了。

"其他人呢？"

"女孩子都怕老妈唠叨。"

可是我俩刚下了一会儿五子棋，她们就过了桥，"咚咚咚"地上二楼来了。她们一如既往，恭恭敬敬地行过礼后坐在走廊上犹犹豫豫，千代子首先站起身来。我说：

"这是我的房间，你们别客气，都进来吧。"

玩了个把小时，艺人们去这家旅馆的浴池，并不住地叫我一起去，但因有三个年轻女性，我便推说随后再去。舞女不一会儿就上来传达千代子的话：

"嫂子说要帮您冲身子。"

我还是没去泡澡，跟舞女下起五子棋来。她的棋艺出奇地好，若打擂台，荣吉和其他女孩都会毫无悬念地败在她手下。我跟一般人下五子棋时都是赢家，跟她下却很费劲，更无须故意让着她了，这令我感觉很好。因为是两人独处，起初她还是离得远远地伸手落子，但渐渐就忘乎所以，专心得把身子都要趴到棋盘上，那头美得不自然的黑发几乎碰到了我的胸口。她突然脸一红，说：

"不好意思，我要挨骂了。"

说着把棋子一扔便奔了出去，原来千代子的母亲正站在公用浴池的前面，千代子和百合子也慌忙出了浴池，不敢再来二楼，逃也似的回去了。

这天荣吉仍是在我住处从早玩到傍晚，看似纯朴热情的旅馆老板娘忠告我说：请他那样的人吃饭不值得。

晚上我去了他们住的小旅社。舞女正在跟千代子的母亲学三弦琴，见到我便停下了手，遭大妈一说又把琴抱了起来，唱歌声稍大一些时大妈便说：

"明明告诉你不能出声的。"

荣吉被叫到对门料理店二楼演堂会的房间去了，我能看到他嘴里在念着什么。

"他在干吗？"

"那是……谣曲。"

"谣曲怪怪的。"

"客人是个卖菜的，你给他唱啥他都不懂。"

这时，借住在这家小旅社的一个四十来岁的男性鸡贩子打开拉门，叫姑娘们去吃饭，舞女和百合子一起拿着筷子去隔壁房间吃他剩下的鸡肉火锅。她们吃完一起起身来我房间时，鸡贩子轻轻拍了拍舞女的肩，千代子的妈妈摆下脸来说：

"喂，别碰这孩子，她还是个黄花闺女呢。"

姑娘嘴里叫着"大叔、大叔"，央求他给自己读《水户黄门漫游记》[1]，但鸡贩子只读了一会儿，便起身离去了。她似乎是不便直接请我继续把故事读下去，于是想让千代子的妈妈出面求我。我心怀一种期待拿起了通俗读本，她果然立即就向我这边靠来。我刚开口读，她便表情认真地把脸凑近，几乎要碰到了我的肩膀，两眼发亮，一眨不眨地紧盯着我的额头。这大概是她听人读书时的习惯，刚才

---

1 《水户黄门漫游记》，以德川光国为主人公的日本历史传说，曾被编为小说、影视等各种形式的文艺作品。

我看到她与鸡贩子也是几乎把脸碰到了一起。她的最美之处是这双黑瞳闪光的大眼，双眼皮的线条美得无以言表，还有她那鲜花般的笑容，"笑得像花一样"这句话用在她身上是最贴切的了。

过了一会儿，料理店的女佣过来接她过去，她换好衣服后对我说：

"我马上就回来，您等一会儿再读给我听。"然后在走廊以手支地施礼说：

"我走了。"

大妈嘱咐她绝不可唱歌，她提着大鼓轻轻点了点头。大妈回头对我说：

"她现在正在变声。"

舞女端坐在料理店的二楼打鼓，她的背影如在我的近前，鼓声在我的心间欢快地跃动。

"鼓声一响，满屋的气氛就起来了。"

大妈说。她也看着街对面。

千代子和百合子也都过去了。

个把小时后，四人一起回来了。

"只有这点……"舞女把握在拳头里的五毛硬币哗啦啦地倒到大妈手中。

我又读了一会儿《水户黄门漫游记》，他们又谈起了那死在路上的孩子,听说那孩子生下时浑身像水一样透明,连哭泣的力气都没有,但还是活了一个星期。

我对他们既无猎奇之心,亦无轻蔑之意,忘记了他们属于江湖艺人之类。我这种出于平常心的善意似乎也渐渐沁入了他们的心间。总有一天我一定会去他们在大岛的家里的。

"可以到老爷子住的屋子,那里宽敞,要是把老爷子赶出去就很安静,所以住多久都没问题,在里面读书也行。"他们相互商量后对我说,"我们有两处小房子,山上的房子很亮堂。"

我们还相约:新年时我去帮忙,一起在波浮港演戏。

我渐渐明白,他们的旅途感受并非如我最初想象的那样尽是艰辛,而是不失野趣,正因都是母女兄妹,便让人感受到相互之间都各自有着一种亲情的羁绊,唯有雇来的百合子,也许是正处害羞的年岁,在我面前总是沉默不语。

半夜过后我离开小旅社,姑娘们出来送我。舞女帮我摆正了木屐让我换鞋,她把头探出门外去看明亮的天空,说:

"啊,月亮!明天去下田,真开心。给宝宝做断七,让大妈给我买梳子,还有各种各样好玩的。带我去看电影吧。"

这些江湖艺人游走于伊豆、相模的温泉等场所,下田港对他们来说,就像旅途天空下的故乡一样洋溢着亲切的氛围。

五

艺人们各自带着像翻越天城山时一样的行李。小狗的前脚搭在大妈的臂弯上，一副习惯旅行的样子。出了汤野便又进山，大海上空的朝阳温暖着山腹。我们朝着朝阳眺望，一片滩地沿着河津川在阳光下展开。

"那是大岛吧？"

"已经看得那么清楚了，快走呀。"舞女说道。

也许因为秋日的天空过于晴朗，阳光下的海面似春天般云蒸霞蔚。从这里到下田还需步行五里路。刚过一会儿，大海已看不见，千代子悠然自得地唱起歌来。

他们问我是走翻山小道——路较难走，但可少走二十町——还是走好走的正路，我自然是选了近路。

那是一条险峻的树下路，满地的落叶让脚下打滑。我走得气喘吁吁，却反而因此豁出去了，用手掌支着膝头加快了脚步。眼看他们一行落在了我的身后，只听见说话声从树丛中传来。舞女一个人高高地提着和服下摆，疾步随我而来。她与我始终不近也不远地保持着一间的距离，每当我回头跟她说话，她便一惊，微笑着停下脚步与我作答。她跟我搭话时，我就站住，等她跟上来，她便也停下脚步，直到我重新往前走她才迈步。路弯弯曲曲，到了一段越发险峻的地段，我的脚步也越发加快，她则一如既往地在我身后一间的距离专心攀爬。山间静谧，其他人越落越后，连说话声也听不见了。

"您家住在东京的哪里？"

"不，我住在学校的宿舍。"

"我知道东京，樱花季节去跳过舞——那时还小，啥也不记得了。"

然后她又问我父亲是否健在，去没去过甲府等，零零碎碎地提出各种各样的问题，还谈到死去的宝宝以及到了下田后看电影的事情。

到了山顶，她把大鼓放在枯草丛中的凳子上，用手帕擦汗。她正要掸去自己脚上的尘土时，突然又在我的脚边蹲下，给我的裙裤下摆掸尘。我连忙缩回身子，她扑通一下双膝着地，弯着腰把我身上衣服前后拍打了一圈，然后放下原先卷起的衣摆，对站着喘粗气的我说：

"您坐下。"

一群小鸟朝凳子近旁飞来，四周一片寂静，连小鸟所停树枝上枯叶的瑟瑟声响都清晰可闻。

"干吗走那么快？"

她看上去很热。我用手指嘣嘣地敲了敲鼓，鸟儿立刻飞走了。

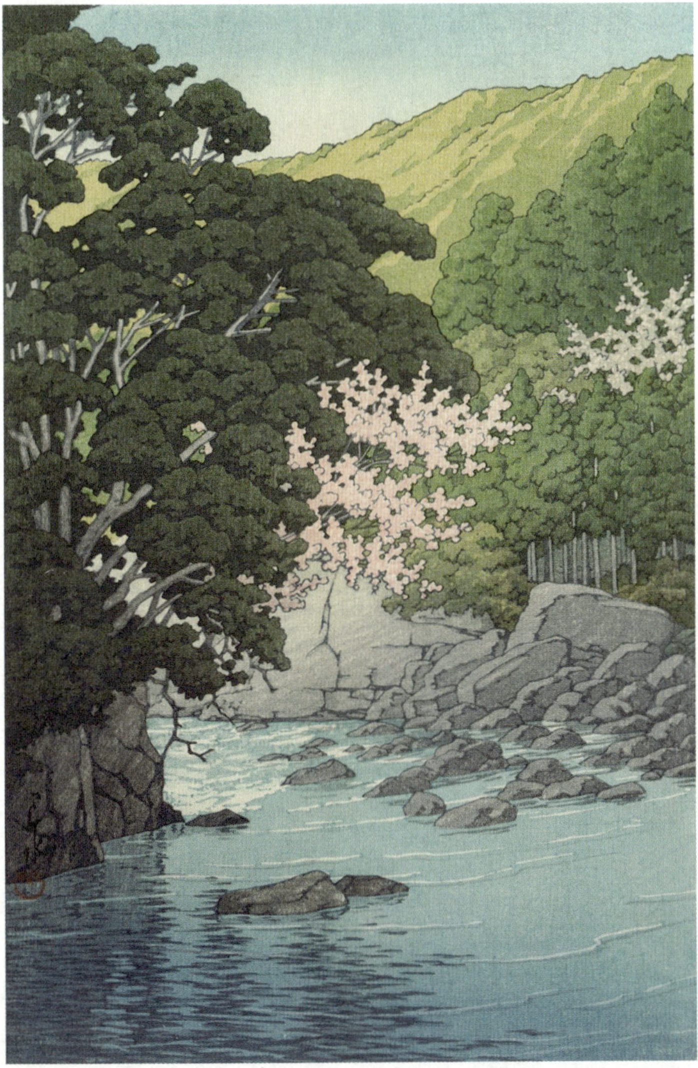

"我想喝水。"

"我去找找。"

可是没过一会儿她就从发黄的杂木林间空手而归。

"你在大岛时做些什么？"

于是她就没头没脑地报出两三个女人的名字，开始跟我说些我不知来由的话，好像都非大岛而是甲府的事情，是她读过两年的小学里的同学的事情，她想到哪儿就说到哪儿。

等了十分钟左右，另外三个年轻人到了山顶，大妈又过了十分钟才到。

下山时我和荣吉故意落在后面边走边聊。走了两町左右路程，舞女从下面跑来说：

"这下面有泉水，我们都等在那里没喝，请你俩赶快下来。"

听说有水，我便跑了起来。树荫下的岩石间有清水涌出，她们都围在泉边站着，大妈说：

"来，您先喝吧。手伸进去会把水弄浑的，跟在女人后面就得喝脏水了。"

我用手掬起凉水来喝。她们挤出毛巾的汗水，不愿离开泉水。

下了这山便是下田的街道，有几处冒着烧炭的烟。

我们坐在路旁的木料上休息,舞女蹲在路上用桃色的梳子梳理小狗的长毛。大妈训斥她说:

"梳齿不会断吗?"

"没关系,到下田买新的。"

在汤野的时候我就一直想向她讨要这把插在前发上的梳子,所以也觉得不该用来梳狗毛。

见到路对面有竹丛,我和荣吉一面说着正好能用作手杖,一面就先行出发了。舞女跑步追了上来,手里拿着一根比她还高的竹子。

荣吉问她干吗,她有点局促地把竹子杵到我面前说:

"给您当拐杖,我拔了一根最粗的来。"

"不行。粗的竹子一看就知道是偷来的,被人发现就糟了,赶紧去还给人家。"

姑娘又返回竹丛处,再跑过来时给了我一根中指般粗细的竹子,然后就像被人推了一把似的倒在田埂上,喘着粗气等其他女伴。

我和荣吉始终领先她们五六间的距离。

"只要把这牙拔了再装金牙,那就没任何问题了。"

舞女的声音突然传进我的耳朵,于是我回头一看,她与千代子并排走着,大妈与百合子稍落后于她们。她们似乎并没注意到我在回头看,千代子说:

"这倒也是,你就这么告诉他吧。"

她们好像是在议论我,大概是千代子说到我的牙齿长得不齐,舞女就提到了金牙。虽似在议论长相,但我并不难受,也不至于要竖起耳朵去听,倒是有种亲切的感觉。她俩压低声音说了一阵后,我听到舞女说:

"是个好人。"

"是吧,人好像不错。"

"真的是个好人,好人就是好人。"

这种断论带着单纯、坦率的底韵,那声音让人感受到她那种不经意间投射其中的天真的情感倾向,让我也不由自主地自认为是个好人。我带着舒畅的心情举目眺望明丽的群山,眼里微微作痛。二十岁的我曾不断严苛地反省自己的孤儿根性造成了性格的扭曲,我因不堪这种令人窒息的忧郁而走上伊豆之旅,能被人认作世间寻常意义的好人,对我来说是一种难以言表的庆幸。群山如此明丽是因为离下田的海面很近。我挥舞着先前的那根竹杖去切削秋草的草头。

途中有许多村子的入口都竖着告示牌:

乞讨艺人不得进村

六

进了下田北口便可见那家名为"甲州屋"的小旅社。我跟在艺人们后面上了阁楼般的二楼,这里没有天花板,往临街的窗边一坐,头便碰到了屋顶。

"肩膀不疼吧?"大妈一再追问舞女,"手不疼吧?"

姑娘做出打鼓时的漂亮手势给她看:

"不疼,能敲,能敲。"

"那就好。"

我提起鼓试了一下重量,说:

"啊呀,挺重的。"

"那是比你想象中的重,比你的书包重。"

姑娘笑了。

艺人们跟投宿这家旅社的客人们谈得热火,他们也都是一些艺人、商贩之类,下田港似乎就是这种候鸟的巢。舞女不住地给进这房间来的孩子分发硬币。我正要离开甲州屋时,她抢先跑到玄关帮我把木屐放齐,嘴里还自言自语似的咕哝了一句:

"带我去看电影哟。"

我和荣吉被一个二流子似的男人领到半路,然后去了一家据说是前町长开的旅馆,泡过澡后一起吃了一顿鲜鱼做的中饭。

"你用这钱买点明天法事用的花帮我供上。"

我说着包了一点点钱让荣吉带回去。我明天早上必须乘船回东京了,旅费已经花光,我以学校的要求为由,他们也就不好强留我了。

中饭后不到三小时便又吃完了晚饭,我独自去下田北,过桥后登上下田富士山眺望海港,回来时路过甲州屋一看,他们正在吃鸡肉火锅。

"来少吃一点吧。虽已被女人的筷子弄脏了,日后还是可以当笑话讲的。"

大妈从行李中拿出碗筷让百合子去洗过。

大家重又说起明天要给孩子做断七,劝我至少推迟一天再走,我则以学校为由拒绝。大妈反复地说:

"那就寒假时我们去接船,您把要来的日子通知我们,我们等您。我们不去旅馆找您,直接去接您的船。"

等到屋里只剩下千代子和百合子时,我约她俩去看电影,千代子捂着肚子让我看:

"我身体不舒服,走了那么多路,受不了了。"

她脸色苍白地瘫软在那里,百合子则表情紧张地低头不语。舞女正在楼下和投宿的孩子玩耍,一见我便缠着大妈,央求让她去看电影,却又垂头丧气地回到我这里帮我重新摆好木屐,一副魂不守舍的样子。

"怎么啦,带她一个人去总可以吧?"

荣吉插话了,但大妈好像还是不允。我实在不明白为何一人就不可以。我走出玄关时舞女在抚弄小狗的头,那副冷淡的表情让我难以跟她搭话,她似乎连抬头看我一眼的气力都没有了。

我独自去看电影,女讲解员在小灯泡下读着剧情介绍。我随即出来回了旅馆,把肘子支在窗台上久久地眺望外面的夜景。外面一片黑暗,我觉得远处似乎不断地传来轻微的鼓声,泪水没来由地潸然而下。

七

出发那天早晨七点钟,我在吃早饭时,荣吉在路上叫我。他一丝不苟地穿着印有黑色家徽的和服,似乎是为我送行而穿的礼服。女人们都没露面,我立刻心生清寂之感。荣吉进了房间来说:

"她们也都想来送您,只因昨晚睡得太晚起不来,请您多多包涵。她们说冬天等您,请您务必要来。"

街上秋天早晨的风挺凉,荣吉在途中为我买了柿子和四盒敷岛牌香烟,还有一种"薰"牌口腔清新剂。

"我妹妹名叫薰。"他微笑着说,"船上吃橘子不好,柿子对晕船有好处,所以可以吃。"

"我把这给你吧。"

我脱下鸭舌帽戴在荣吉头上,然后从书包里拿出学生帽来拉平褶皱。这时我俩都笑了。

走近登船处时,舞女蹲在海边的身影飞进了我的心间,她一动不动,直到我们走到她身边时才默默地点点头。昨晚未卸的妆容让我益发动了感情,眼角的胭脂红给人嗔怒的感觉,为她的面容增添了一种稚嫩的严肃。荣吉说道:

"其他人也来了吗?"

她摇摇头。

"都还在睡觉吧?"

她点点头。

荣吉去买轮船票和驳船票时我跟她说了很多话,她只是一言不发地低头凝望内河入海处,每每在我一句话没说完时就不住点头。

"阿婆,这个人不错。"这时一个小工模样的男子走近来说,"学生哥,您是去东京吧?见您挺可靠的,所以拜托您了,能把这位阿婆带到东京去吗?阿婆挺可怜的,儿子本来在莲台寺的银矿打工,遇上这次的流行性感冒,儿子和媳妇都死了,留下三个孙子孙女,实在是走投无路,我们商量,还是让她回老家去。老家在水户,阿婆啥都不懂,所以到了灵岸岛后就让她乘去上野的电车。给您添麻烦了,我们都合掌求您了,您看看她这样子,也会觉得可怜吧?"

阿婆呆呆地站着,背上绑着一个襁褓中的孩子,左右手分别牵着一个女孩,小的三岁左右,大的五岁左右,脏兮兮的布包袱中露出大饭团和梅干。五六个矿工在安慰着阿婆。我爽快地答应照顾阿婆,矿工们便七嘴八舌地跟我打招呼:

"拜托了!"

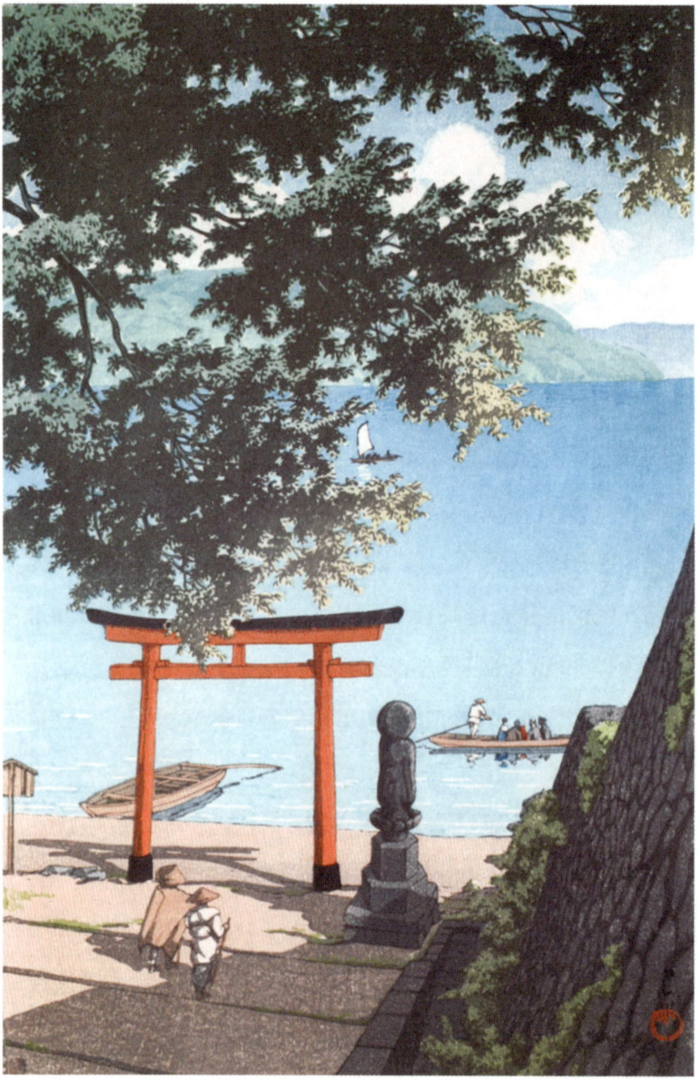

"谢了。我们本该把她送到水户的，但连这都做不到了。"

驳船晃得厉害，舞女仍是紧闭双唇盯着一个方向。我抓住绳梯上轮船时回头想跟她说声再见，却也还是没说出口，只是又一次朝她点了点头。驳船往回开了，荣吉在驳船上不断地挥舞着我刚给他的鸭舌帽，直到驳船远去了之后舞女才开始挥舞起一样白色的东西。

轮船从下田出海后，我就倚着栏杆注视着大海那边的大岛，直到伊豆半岛的南端在我的身后消失。我觉得与舞女的告别似乎已是久远之事。不知阿婆的情况如何，我便去船舱看了一下，发现她已被很多人围着，大家好像都在安慰她，我于是放心地进了隔壁的船舱。相模滩上风急浪高，坐着时人就左晃右倒，船员给大家分发了小金属盆。我枕着书包躺了下来，脑中一片空白，已无时间的概念，泪水扑簌簌地流到书包上，直至枕得面颊冰凉，便又把书包翻了个面。我的旁边躺着一个少年，是河津一家工厂主的儿子，去东京准备上学，所以好像对戴着一高[1]学生帽的我心怀好感，稍作交谈后便问：

"您有啥不幸的事吗？"

---

[1] 一高，旧制东京第一高等学校，即东京大学的前身。

"没有。我是刚与人告别来着。"

我的回答非常直接,并不在乎被他看见自己在哭。我心无旁念,好像就在一种神清气爽的满足感中平静地睡着了。

不知暮色是何时降临大海的,网代和热海都已亮灯。我饥寒交迫,少年为我打开竹包,我吃着其中的海苔卷和寿司之类,似乎忘了那是别人的东西,吃完便钻进了那少年的学生式斗篷。我不管得他何等亲切相待,总以一种理所当然的态度受之不却,自己则处于一种美好而又漠然的心境之中。明天一大早我就要带着阿婆去上野站,给她买好去水户的车票,这在我看来也是极为顺理成章的事情,所有的一切都让我感到已融为一体。

船舱熄灯了,船上堆积的鲜鱼和潮水的气味越来越浓。在一片黑暗中,我受着少年体温的温暖,任凭自己的眼泪溢出,脑中变成一片澄澈的清水滴滴答答地落下,然后便是一片空白,只留下一番甘美的欣快。

竺祖慈 译

《伊豆舞女》译者说明

　　这篇小说的日文篇名是《伊豆の踊り子》,除20世纪改革开放后最早出现的侍桁先生译本译作《伊豆的歌女》,其他译本多译为《伊豆舞女》。日本权威辞书《广辞苑》对"踊り子"一词的主要释义是"跳舞的少女"或"以跳舞为职业的少女或舞者",上海译文出版社出版的《日汉大辞典》的释义是"跳舞的少女"或"舞女、舞蹈演员;以西方舞蹈为职业的女子"。从这篇小说的内容来看,显然"跳舞的少女"这条释义与作品人物的身份和形象最为贴切,但因语感较赘,似不大适合用在题目中以及对应正文中。而《现代汉语词典》对"舞女"一词的释义——"以伴人跳舞为职业的女子,一般受舞场雇用"——与此篇人物的形象、身份都有明显的错位,令译者定题时颇费踌躇。译者一度曾想将"踊り子"译作"舞娘",但在征求意见时遇到较多异议,所以这次还是从众沿用"舞女"一词,况且这也是国内许多权威工具书及日本文学史著作和文学评论文章中对川端先生《伊豆の踊り子》一文的译名。专此说明。

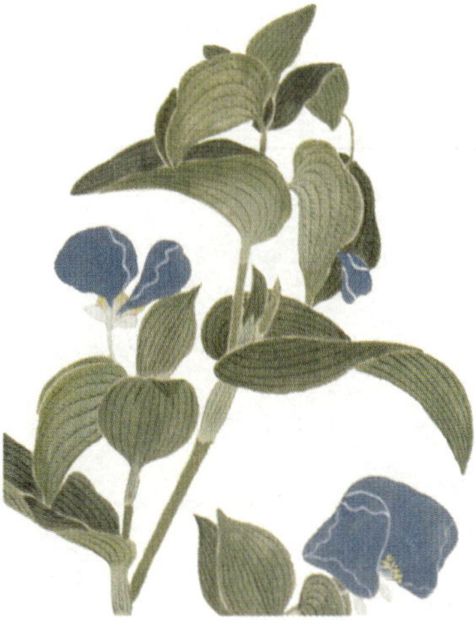

图书在版编目（CIP）数据

雪国·伊豆舞女：插图版 /（日）川端康成著；竺祖慈，叶宗敏译 . -- 成都：四川人民出版社，2023.1（2023.3 重印）
（雪国·舞姬：川端康成经典名作集）
ISBN 978-7-220-12816-5

Ⅰ . ①雪… Ⅱ . ①川… ②竺… ③叶… Ⅲ . ①小说集—日本—现代 Ⅳ . ① I313.45

中国版本图书馆 CIP 数据核字 (2022) 第 177053 号

XUEGUO YIDOU WUNÜ
雪国·伊豆舞女

著　　者	［日］川端康成
译　　者	竺祖慈　叶宗敏
筹划出版	后浪出版咨询(北京)有限责任公司
出版统筹	吴兴元
特约编辑	俞延澜　陈怡萍
责任编辑	李京京
装帧制造	墨白空间·Yichen
出版发行	四川人民出版社（成都三色路 238 号）
网　　址	http://www.scpph.com
E – mail	scrmcbs@sina.com
印　　刷	天津图文方嘉印刷有限公司
成品尺寸	130mm×185mm
印　　张	6.875
字　　数	116 千
版　　次	2023 年 1 月第 1 版
印　　次	2023 年 3 月第 2 次
书　　号	978-7-220-12816-5
定　　价	248.00 元（全五册）

投诉信箱：copyright@hinabook.com　fawu@hinabook.com
未经许可，不得以任何方式复制或抄袭本书部分或全部内容
本书若有印、装质量问题，请与本公司联系调换，电话 010-64072833